N&K

Mariella Mehr
Daskind

Roman
Nagel & Kimche

Für Erica Brühlmann-Jecklin

© 1995 Verlag Nagel & Kimche AG, Zürich/Frauenfeld
Umschlag von Urs Stuber
unter Verwendung eines Ausschnitts aus dem Gemälde
«Florian» von Harald Duwe
Alle Rechte der Verbreitung, auch durch Film, Funk und
Fernsehen, fotomechanische Wiedergabe, Tonträger jeder Art und
auszugsweisen Nachdruck, sind vorbehalten.
ISBN 3-312-00210-9

1

Hat keinen Namen, Daskind. Wird Daskind genannt. Oder Kleinerbub, obwohl es ein Mädchen ist. Wenn den Frauen im Dorf danach zumute ist, wird es Kleinerbub genannt, oder Kleinerfratz, zärtlich. Auch Frecherfratz, wenn Daskind Bedürfnisse hat, oder Saumädchen, Hürchen, Dreckigerbalg.

Hat keinen Namen, Daskind. Darf nicht heißen. Darf niemals heißen, denn dann könnte keine der Frauen im Dorf, der danach zumute ist, Daskind Kleinerbub nennen oder Frecherfratz, zärtlich, gierig. Oder Saumädchen, Hürchen oder Dreckigerbalg, wenn Daskind Bedürfnisse hat. Wer sagt schon Saumarie, Hurenvreni, Dreckrosi. Gewiß könnte man das sagen, aber es ist zu aufwendig, zu umständlich, sich des Namens des Kindes zu erinnern.

Also, Daskind.

Daskind spricht nicht, hat nie gesprochen. Schweigt düster. Schreit und tobt gelegentlich, anstatt zu sprechen. Hat nur eine Luftsprache, die Dörfler Dörfler nennt oder Frauen, Männer, Näherin, Schwestern, wenn es Nonnen sind, Herrpfarrer, Sigrist. Totengräber, Coiffeur, Polizist, Gemeindepräsident, Abdecker, Pflegevater, Pflegemutter und den Pensionisten im Pflegeelternhaus:

Denpensionisten. Ein Knecht. Beim Großbauern ganz in der Nähe verdingt. Mit immergrünem Gesicht im Grünenzimmer, so nennt die Pflegemutter den Raum neben der Kammer des Kindes, weil dort im Winter die Geranien lagern und die Wände des Zimmers lindgrün gestrichen sind.

Daskind jetzt auf dem roten Sofa im Wohnzimmer. Über dem Scheitel des Kindes der leidende Christus am Kreuz. Silbern leuchtend auf dunklem Holz. Das lange Silberhaar um den silbernen Kopf und einrahmend das silberne Lächeln, den silbernen Tod. Silberblut quillt aus dem silbernen Herzen, Silberherz stirbt. Stirbt immerzu. Wie kann einer, denkt Daskind, immerzu sterben. Ohne Groll. So ist das Leben des Kindes im Hause Idaho, umsorgt von Derfrau und Demmann – Pflegemutter und Pflegevater –, ein Silbertodimmerzu. Im Beisein der Silbereltern, des Silbervaters, der Silbermutter: die winken dem Sterben des Kindes zu, lachen es an und strafen es silbern, wenn nicht der Kleinefratz, zärtlich, sondern Daskind, Derfrechefratz, Dassaumädchen, Hürchendreckigerbalg Bedürfnisse äußert, die der Kleinefratz, zärtlich, nicht äußert.

Daß zum Beispiel nachts die Tür der Kammer des Kindes offenstehe, damit sich Daskind nicht so ganz alleine fühlt. Daß das Licht brenne im Korridor, bis Daskind schläft. Daß man ihm die Angst nimmt vor der Nacht und dem Immergrünen im Grünenzimmer. Daß kein Silberpfahl wachse ins kindliche Herz und keiner eindringe in jene Bereiche, die kein Grün kennen, nur kindlichen Schlaf.

Daß Fritz, der Kater, sich nicht auf die Brust des Kindes legen darf, wenn es schläft und zu Tode erschrickt, wenn die Brust keinen Atem mehr hat und Fritz, der Hauskater, wie eine frevelnde Hand, eine schwere, auf der Brust des Kindes ruht.

Daß endlich Vergeltung einbräche in diese Dunkelwelt, denkt Daskind, um alle Schuld zu sühnen, die des Kindes und die der andern. Daskind will wissen, daß es schuldig ist, ein Silberleben lang. Weshalb sonst stürbe der andere, der Silberleib am dunklen Holz, seinen Silbertod immerzu.

Daskind jetzt auf dem roten Sofa im Wohnzimmer, tagsüber Nähstube, Café, Klatschraum. Daskind, Kindfüralle. Winterkind. Winterbalg.

Winterkind spricht nicht. Tobt auch nicht und schreit nicht. Sitzt still auf dem roten Sofa. Starrt auf den grauen Haarknoten der Pflegemutter Frieda Kenel, geborene Rüegg. Die singt, singt Fernimsüddasschönespanien. Singt mit brüchiger Stimme das Lied von den Trauben, der Sonne und einer einsamen Liebe, die keine Erfüllung findet. Singt, den Rücken dem Kind zugekehrt, singt und denkt an den Stoff in ihren Händen, der ein Kleid für die Freudenstau werden soll. Fernimsüddasschönespanien. Denkt nicht an Daskind, hat Daskind vergessen wie alle Nachmittage zuvor, wenn Daskind auf dem Sofa saß und rot der samtene Überzug und Daskind ein Warten.

Warten. Auf was denn?
Vielleicht einmal anders.
Ohne Angst.
Einmal zuschlagen.
Bescheiden, verstohlen, vorsichtig.
Zum Beispiel die Freudenstau.
Daskind vor der Freudenstau. Hört den Wind in

den Tannen pfeifen. Ein hoher, schriller Ruf. Muß das Hören anhalten, Daskind. Muß schreien, Daskind, mit weit offenem Mund im wild wiegenden Kopf. Hin und her, auch das Schreien wildwiegend, hinauf zum orgelnden Locken in den Tannen.

Der weiße Speichel in den Mundwinkeln der Kundin Freudenstau. Die auf dem Berg wohnt. Auf dem Tannsberg. Teilt den Berg mit zwei roten Hunden. Höllenhunden. Auch sie träumen vom Zuschlagen.

Daskind ist in seiner blauen Windjacke, eine ungenaue Adresse. Immerhin, eine Adresse.

Und mit seinen nackten Füßen. Immerhin.

Die Freudenstau. Die den Berg mit zwei roten Hunden teilt. Den Höllenhunden. Fressen täglich zwei Kilo rohes Fleisch, saufen Milch aus einer silbernen Gelte.

Wöchentlich einmal wird dem Kind befohlen, das rohe Fleisch auf den Berg zu bringen.

Schleppt den Rucksack voller Fleisch auf den Berg, Daskind. Atmet schwer.

Liegt auf der Lauer, Daskind, oben am Berg, am Tannsberg, den Blick fest auf das Haus gerichtet. Starrt auf die Tür und flüstert den Bannreim. Kann nur hoffen: Zuerst die Freudenstau, dann die Hunde. Wenn der Bannreim nichts taugt, preschen die zwei Hunde mit fürchterlichem Gebell vor, stieben in den Steingarten, zertrampeln die Steinnelken, die roten, die violetten und weißen, rasen auf Daskind zu, bleiben geifernd stehen, knurren. Es sind die weißen Reißzähne zu sehen.

Keine Zugeständnisse in den Augen, keine Kompromißbereitschaft im federnden Schritt der Tiere.

Dann die Freudenstau. Zwei Pfiffe. Scharf. Gellend. Der Pfiff der Frau eine Salve Bosheit. Kein Laut mehr. Kein Knurren.

Das Lächeln des speichelverschmierten Mundes. Die hagere Gestalt in schwarze, spitzenverzierte Gewänder gehüllt, ohne Ring am Finger. Hinter dem schwarzen Umriß der Frau mit dem strengen Scheitel im schwarzen Haar der schwarze Berg.

Sagt nichts, Daskind. Hat sich lange vorher ausgeschrien vorm dunklen Auge der Frau mit dem geifernden Mund. Spricht nicht, Daskind.

Angewidert starrt es auf die Speicheltropfen in den Mundwinkeln der Frau. Und auf die Höllenhunde unterm freien Himmel. Eingerahmt von den Hunden, die Freudenstau, Tannsbergkönigin.

Sieht ein wild taumelndes Ungeheuer über dem schimmernden Scheitel der Frau. Ein Taumeln, grad so wie das Wildwiegen der Angst vor den Wildhöhen, den Wildbildern, den Wildworten oben am Berg. Im wildwiegenden Kinderhirn.

Zwängt sich Daskind aus den Rucksackträgern. Fühlt, vom Gewicht befreit, die angenehme Kühle unter dem verschwitzten Hemd. Öffnet den Rucksack, zerrt am Fleischpaket. Zittern die Flanken der Höllenhunde. Die Hände der Freudenstau auf den zitternden Flanken der Hunde. Überträgt sich das Zittern auf den Körper der Frau mit dem leicht geöffneten Mund und den starren Augen. Der Blick ist aufs Kind gerichtet. Das nicht zittert. Das mechanisch nach dem Fleisch greift im Packpapier und sich zwei Schritte vorwagt. Blut tropft durch das Packpapier, die Schnauzen der Hunde nah, ganz nah. Das Hecheln der Hunde, ein Wildwort, wie die Salve im Kopf, wenn die Frau pfeift und die Tiere strammstehen, strammwilden, gehorchen.

So ist das, denkt Daskind, wenn Bannsprüche nichts nützen, dann sind die Hunde nah mit ihren Schnauzen und Reißzähnen und ihren zitternden Leibern. So ist es, Kind Selberschuld, und ein Grollen tief drinnen im Kind.

Hecheln sich Kühlung zu, die Hunde, nach all dem ungebändigten Zorn und den Wildworten; und weil die Frau pfiff, herrscht eine kurze Waffenruhe rund ums unbewaffnete Kind.

Lächelt die Freudenstau, winkt mit einem weißen Finger dem Kind. Es soll näher treten.

Tritt näher Daskind, vorsichtig, langsam, ohne die Frau aus den Augen zu lassen, die starrt, Krieg in den Augen.

Stolpert beinahe, fängt sich auf und wagt noch einen Schritt, atmet kaum. Zittert nicht, Daskind. Wird von der Macht des Fingers weitergezogen und vom Blick der Frau. Vom gierigen Hecheln der Hunde unterm stillen Himmel über dem Tannsberg. Kniet nieder, Daskind, in die scharfen Kieselsteine. Kniet nieder, legt der Frau das Fleischpaket vor die Füße in den spitzen, eleganten Schuhen. Schuhe, die sonst keine trägt im Dorf. Nicht im Bauerndorf. Da tragen die Frauen Wetterfestes mit dicken Sohlen. Unvorteilhaft für die Form der Füße, aber praktisch. Die nicht, die trägt

spitze Lackschuhe, schwarz wie das Haar. Können Daskind erreichen, es berühren am Kopf und treten.
Treten.
Ballt Daskind vorsichtig die Fäuste. Daß es niemand sieht, nicht die Freudenstau, nicht die Höllenhunde.
Denkt daran, es einmal anders zu haben. Träumt vom Zuschlagen, vom verstohlenen, vorsichtigen, bescheidenen. Fast ein Glück.
So war es gestern, an einem Montag, so war es alle Montage zuvor. Sinnlos, sich des Beginns dieser Berggänge erinnern zu wollen. Andere werden folgen.

Daskind kehrt aus dem Traum zurück, die Fäuste geballt im Schoß, vor sich den Rücken der Frau. Die singt nicht mehr. Nicht sie und nicht die Nähmaschine. Hat beide Hände am Hals der Kundin Freudenstau. Nimmt Maß vom schmalen Hals der Freudenstau, dann von der Brust im Büstenhalter. Unter der schwarzen Spitze sind die Warzen sichtbar. Starrt Daskind auf diese Warzen, denkt Haß, riecht Schweiß, gesäuerte Milch, ein ganzes Aufbäumen im Bauch vor Ekel. Schmal wagen Kindaugen sich vor zum leichtbedeckten Haargestrüpp im Schritt der Freudenstau, die plaudernd Bestes von sich gibt und sich mit Bestem bedienen läßt von der Frau, die vorher sang oder gestern. Ohfernimsüdundsindaufmeinebleichenwangenheißeträneningerollt. Der Mund der Frau jetzt fest verschlossen, hält die Nadeln mit den bunten Köpfen zwischen den Lippen, zischt ab und zu ein Wort an den Nadeln vorbei ins Gesicht der Kundin Freudenstau. Wortschlangen beiderseits am Kind vorbei, jede ins Gesicht der andern. Ganz nah, und daß dem Kind geholfen werden müsse. Dem Teufel ab dem Karren.

So wird geredet, wenn nicht der Kleinefratz zärtlich gefragt ist. Meist die Nadeln im Mund der Frau, Frieda Kenel, geborene Rüegg. Am Kind vorbei die Wortschlangen von Gesicht zu Gesicht, mit Gelächter verwoben. Daskind stumm, starrt auf die nackten Leiber der Kundinnen, versucht, sich in dem Gelächter zurechtzufinden, nicht abzutauchen in Bereiche, die dem Haß verschlossen bleiben. Kennt einer jeden geheimste Stelle, Daskind. Weiß in den Falten der Frauenhäute Bescheid. Weiß von dem Fressen und Saufen, das die Haut entstellt. Weiß von den Schlägen der Männer, kennt sich aus in den Verfärbungen auf Hinterbacken und Bäuchen, kann auf den Tag genau erraten, wann sie entstanden. Kennt das Knistern von Seide auf nackter Haut, weiß von der schmierigen Farbe des Frauenfleisches und vom sanften Kringeln des Haars im Schritt der Kundinnen. Starrt Daskind. Weiß sich im Haß vorm Gelächter geschützt, vor den Wortschlangen, den grauen Ausdünstungen der Körper. Der Seelen. Zumindest jetzt, heute, am hellen Tag.

Wenn der Pensionist Armin Lacher spätnachts das Wirtshaus verläßt, weiß er Daskind bereit. Bedächtig finden Aug' und Füße nachtgewohnt den

Weg und streben zielsicher zur Dorfmitte, wo zu dieser Stunde eine Straßenlaterne die Vorderfront des Chalets Idaho hell beleuchtet. Die Rückseite des Hauses und der Garten liegen im Dunkeln. Auch die blühenden Rosen vor dem Schlafzimmerfenster seiner Wirtsleute, dem Ehepaar Kari und Frieda Kenel. Daß er Frieda Kenel Elend seines Lebens nennt, hat Gründe, für die sich Armin Lacher nicht zu schämen braucht, nicht er, den die junge Störschneiderin Frieda Rüegg schnöde von sich stieß. Manch andere, weiß der Lacher, hätt' ihm aus der Hand gefressen, die da, die Rüegg, hatte halt Höheres im Sinn. Umsonst, glücklich ist sie nicht geworden, nicht mit Kari, dem schwerblütigen Trottel, und das Haus mit dem fremdländischen Namen hat daran auch nichts ändern können. Ein Heimkehrerhaus, das Chalet Idaho. Über den Namen lachte das ganze Dorf. Das bewies, daß einer wie Kari nicht wirklich heimkehren konnte nach all den Jahren drüben, um wieder einer der Ihren zu werden.

Bei der Sennhütte neben dem Chalet macht Armin Lacher halt und kühlt den verschwitzten Männerkörper am Gestein der Mauer. Den süßlichen Duft der Schotte in der Nase, wandert sein Blick zum Fenster unter der weißen Inschrift «Idaho». Gleich wird's ihm noch wärmer werden, dem Knecht, die breite Hand wühlt sich durch den Hosensack, an Münzen, Schnurresten und Tabakkrumen vorbei zum ganzen Mann.

Daskind schläft nicht.

Weiß vom Pensionisten.

Und von der Hand.
Will nicht, schweigt in die Nacht mit angehaltenem Atem.

2

Seit der abgeschnittene Kopf des Lambrettafahrers über die Straße vor dem Chalet Idaho gerollt war, hatte Daskind beschlossen, nicht mehr zu staunen. Daskind hatte den Aufprall gehört, sich weit aus dem Fenster der Kammer gelehnt, den Kopf rollen sehen. Jetzt lag der Kopf vor dem Gartentor, beschattet von den blühenden Rosen. Daskind hätte lachen mögen. Vorbei die Kraft der Nervenstränge, die das Gehirn mit dem Geschlecht verbinden, das sich ans Kind wagen würde wie jedes andere Geschlecht, wenn ihm Heimlichkeit und Zeit geboten wird. Aber das sähen die Dörfler nicht gern, wenn Daskind laut lachen oder gar tanzen würde, obwohl sie Daskind ohne Gefühl wähnen und dem Teufel ab dem Karren gefallen. Dem Teufel ab dem Karren. So nennen sie es. Daskind lacht leise.

Der Rumpf des Lambrettafahrers liegt unter der Maschine. Die Windschutzscheibe bedeckt das Gesäß, ein durchsichtiger Sargdeckel, auf dem sich Schmeißfliegen niederlassen. Blut fließt noch immer aus Kopf und Rumpf. Das Blut benetzt den Randstein, der die Fahrt des Mannes bremste, benetzt das sonnendürre Gras des Weidelands neben der Sennhütte, die zu dieser Nachmittagsstunde nicht benützt wird. Daskind kann das Blut riechen, vermischt mit dem allgegenwärtigen Geruch der Schotte und dem Viehgeruch aus Gotthold Schättis Stall. Die Kreissäge, vor dem Aufprall hörbar, ist verstummt. Die Nüstern des Kindes blähen sich vor Glück. Das hat es geahnt, daß da ein Glück ist, wenn sich der Duft der Schotte mit dem Geruch des Bluts vermischt und einer daliegt, von Kari Kenels Rosen beschattet.

Jetzt eilen die Dörfler hastig herbei, bilden einen Kreis um Kopf und Rumpf des Toten.

Kellers vom Dorfladen telefonieren ins Nachbardorf, wo der Landarzt Mächler wohnt. Daskind hört die kreischende Stimme der telefonierenden Frau. Bereits ist Alois Janser, der Dorfpolizist, zur Stelle. Mürrisch streicht er um die Leichenteile, nachdem er die Menge angewiesen hat, Abstand zu halten. Die läßt sich nicht einfach verscheuchen. Will hautnah teilhaben an der Sensation, die so ein Unfall ist, mitten im Dorf, dem nachmittagsträgen. Die Sommerhitze heizt die Gemüter an, keiner beachtet das lachende Kind.

Männer zerren die Lambretta vom Rumpf des Toten. Ein Schwarm schillernder Schmeißfliegen flieht. Der Kopf des Toten liegt noch immer unter den Rosen. Hat seine Reinheit verloren, seit ein schmutziges Grau das Gesicht überzog und die Stille nach dem Aufprall vom Lärm der Menge verschluckt wurde. Noch stieren die Augen voller Entsetzen, noch scheint der Mund den Atem anzuhalten, aber das Ereignis hat seine Unschuld verloren. Ein Schmerz macht sich spürbar, auch im Kind.

Ruft die Pflegemutter zum dritten Mal aus der Küche, Daskind solle endlich kommen und Kartoffeln schälen. Es sei Zeit, sich nützlich zu machen, und was es denn da oben in der Kammer treibe. Derfratz müsse nicht meinen, sie lasse zu, daß dem Herrgott auch nur ein Nachmittag gestohlen werde. Man habe Daskind nicht zum Faulenzen ins Haus geholt.

Ins Haus geholt? Daskind erinnert sich nicht. Wirft einen Blick in die Kammer, auf das große Bett mit den schweren Decken, auf den Guten Hirten an der Wand mit dem rosaroten Lamm auf den Schultern und dem sanften Hirtenblick. Unter diesem Blick bringt der Immergrüne das Hergelaufene in seine Gewalt, Daskind, das nicht zum Faulenzen ins Haus geholt wurde.

Stumm verläßt Daskind die Kammer, die eine Festung sein könnte, wäre da nicht der Immergrüne. Vorsichtig vermeidet es jede Berührung mit dem Bett, gleitet geschmeidig daran vorbei zur Tür. Aus dem Grünenzimmer ist zu dieser Tageszeit kein Laut zu hören.

Die Treppe knarrt, obwohl Daskind leise auftritt. Manchmal krabbeln Ohrwürmer die Treppe rauf und runter. Wenn sie ein Menschenohr erwischen, dringen sie in die Muschel ein und spucken ihre Brut aus, grad wie der Immergrüne seinen Schleim. Das hat Daskind von andern Kindern gehört. Jetzt sind keine Ohrwürmer zu sehen.

In der Küche liegen die Kartoffeln bereit. Schaben, sagt die Pflegemutter, es wird nichts vergeudet in diesem Haus.

Wenn wir groß sind, sagt Daskind zu sich und sich, werden wir einen von ihnen töten.

Nach solchen oder ähnlichen Tiraden der Pflegemutter haben weder Daskind noch Kari Kenel zu lachen. Da hört man das unangenehme Kauen der drei am Küchentisch, so still und sprachlos ist's im Haus und doch ein Lärm, ein anderer, innerer, in den Nahrung zu sich nehmenden Körpern gefangener. Kari Kenels breites Bauerngesicht, ein Bauer ist er geblieben, trotz der Jahre in den Zechen von Idaho, verkrampft sich vor Anstrengung beim Anblick des mahlenden Mundes seiner Frau. Von der Sennhütte sind das Scheppern der Milchkannen und scherzende Männerstimmen zu hören. Das dunkle Lachen der Hüttenmarie hallt über die Straße, so unverschämt, daß Frieda Kenel aufstehen muß, an den Herd tritt und laut mit den Pfannen hantiert. Dieses Lachen, das keine Verbitterung kennt, das sich ausbreitet wie der willige Leib einer brünstigen Frau. Wenn das Lachen verklungen ist, kehrt Frieda Kenel an den Tisch zurück, streicht über den hageren Hüften die Schürze glatt mit einem rätselvollen Blick hin zum Kind. Dann zum Mann, der geräuschvoll kaut und den Blick der Frau nicht erträgt.

Am steinernen Waschtrog taucht Daskind die Hände ins heiße Wasser. Wie jedesmal schreckt es kurz und verstohlen zurück. Sie tut es absichtlich, denken Daskind und der Mann, sagen nichts, sind im Schweigen Geschwister. Gnadenlos. Gnaden Los. Daskind hat das Wort in der Kirche gehört, da war von Menschen ohne Gnade die Rede, denen, die gnadenlos ohne Gnade leben müssen, wenn sie können. Einige landen hinter der Kirchenmauer, in einer dunklen Ecke, im Selbstmördergrab, sagen die Kundinnen der Schneiderin Kenel, sie sagen es verschämt und mit Tadel in den Stimmen. Daskind glaubt ihnen nicht. Sie feiern Feste, wenn sich einer in den Tod leidet, weiß Daskind, werden feucht und begehrlich, wenn es ein junges Mädchen ist. Sie tragen, das hat es während all den Nachmittagen auf dem Sofa gelernt, Gewänder voller Zurechtweisungen, Untersagungen, aber darunter, auf der Haut, blüht das Gift.

Rasch zerbricht Daskind einen Becher, damit die Nacht einen Sinn bekommt. Täglich muß es etwas tun, damit die Nacht einen Sinn bekommt. Frieda Kenel schweigt auch dazu, sie weiß von den langen, sinnlosen Nächten, den spröden Hoffnungen, dem erbärmlichen Hunger im Leib.

Während Daskind sich mit dem Lappen übers Gesicht fährt und die Zähne putzt, begibt sich die Schneiderin an ihre Nähmaschine, Kari Kenel legt sich mit der Zeitung auf das rote Sofa, über ihm der leidende Jesus am Kreuz. Bald wird Daskind, für die Nacht hergerichtet, vor dem Sofa knien, vaterunserbetend die Hände falten. Dem Kind ist nie klar, wem dieses Vaterunser und die gefalteten Hände gelten, dem Silbertod über dem ausgestreckten Mann oder dem Mann selbst, der nun bald aufstehen wird, ohne die Zeitung gelesen zu haben. Der die Stube verlassen und dem Kind in den oberen Stock ins Grünezimmer folgen wird. Aber vorerst betet Daskind und weiß nicht, wem das Gebet gilt. Dann drückt es dem Mann die Hand zum Gutenachtgruß, wie man es ihm beibrachte, damals als sie das Hergelaufene ins Haus geholt haben. Auch die Hand der Frau an der Nähmaschine.

Wenn der letzte Treppenabsatz knarrt, steht Kari Kenel im Türrahmen der Stube. Im oberen Stock wird vom Kind das Grünezimmer betreten, wo der Immergrüne, zu dieser Zeit Gast im *Schwanen,* wie jeden Morgen ein Durcheinander an Kleidern, Gerüchen und ein ungemachtes Bett zurückgelassen hat. Daskind schaut sich um, findet den Stuhl, mit schmutzigen Wäschestücken übersät, beim Fenster, das den Blick auf den Gemüsegarten und Kenels Rosen hinter dem Haus freigibt. Auch auf den jungen Feigenbaum, von dem noch die Rede sein wird. Mit einer kleinen Handbewegung fegt Daskind die Wäsche vom Stuhl. Trägt den Stuhl in die Zimmermitte. Zieht das Nachtgewand übers Gesäß und legt sich bäuchlings auf die Sitzfläche. Lauscht den Schritten Kari Kenels. Jetzt nützt kein Bannspruch, weiß Daskind. Hört das zögernde Herausziehen des Ledergurtes aus den Hosenschlaufen, dann das Zischen des Leders in der Luft. Wenn der erste Schlag fällt, schließt Daskind die Augen. Sieht regenbogenfarbene Ornamente. Wartet, bis der Schmerz in sein Fleisch eingeht, daß es sich verwandle. Eine Schande, aus der Züchtigung unverwandelt hervorzugehen, denkt Daskind. Kind Selberschuld. Winterkind, Silberfresserin. Schmiegt sich das nackte Kind an das harte Holz. Flattervögelchen, wildes. Fallen Kari Kenels Tränen aufs gemarterte Kind. Trost in den Tränen des Züchtigers. Wer sein Fleisch liebt, züchtigt es. Wer sein Fleisch liebt, benetzt es mit

Tränen. Sanft rinnen sie zwischen den Schlägen übers Gesäß des Kindes, das sich allein fühlt mit dem Flattern, mit dem verwandelten Fleisch.

Ach, Kind Selberschuld, dem Flattern gib Raum, den zitternden Flanken, kleines Tier, gib Raum, murmelt der weinende Kari, Silbergott, der jetzt zum letzten Schlag ausholt.

Nachts hört Daskind die Schritte des Immergrünen. Fluchend schiebt der den Stuhl aus der Mitte des Zimmers zum Fenster mit dem Blick auf den jungen Feigenbaum. Hastig nimmt sich Daskind vor, später eine Amsel zu schlachten. Nicht immer ist Rechtzeitigkeit möglich. Manchmal bleibt es den Tribut für den Sinn der Nächte schuldig.

Ein solcher schuldiggebliebener Tribut hatte Kari Kenel unlängst das Leben gerettet. Daskind fror und lebte in einer andern Zeit auf einem andern Stern. Da kann schon einmal ein Wunder geschehen, wenn Zeit und Raum stillstehen, so daß kein Augenblick bleibt, in der richtigen Reihenfolge zu leben. Da kann sich das Wunder austoben und totlachen ob dem vergeblichen Bemühen eines Kindes, Ordnung zu schaffen. Ordnung herrschte keine, als Kari Kenel Daskind mit in den Wald nahm und mit ihm den Liedern lauschte, die Bäume statt unnützer Worte gebrauchen, um ihre Angelegenheiten zu regeln. Es kam nicht oft vor, daß sich Kari Kenel ohne Säge, Draht und Zange zum Vorderberg aufmachte, wo das Dorf sein Holz für den Winter hernahm. Doch wenn der Pflegevater ohne Werkzeug in den Wald ging, so wußte

Daskind, war es das Heimweh, das ihn trieb und seine Füße mit Flügeln versah. Eine Krankheit, nannte er dieses Weh, von dem Daskind keine Ahnung hatte, da es seine unbefriedeten Örtlichkeiten, in die man es hineinzwang, als etwas Gegebenes verstand, in dem man sich einzurichten hatte. Dort sein zu wollen, wo man gerade nicht war, hätte für Daskind den sichern Tod bedeutet, denn in seiner Welt hieß träumen einen Augenblick vergessen, daß man sich immer und überall vorzusehen hat, weil immer und überall Gefahr droht. Kari Kenel aber hatte Heimweh und gab damit zu verstehen, daß er sich in seiner Welt nicht vorzusehen hatte. Er konnte sich eine Zeitreise nach Idaho leisten, Daskind an seiner Seite vergessen. In sich gekehrt schritt er dem Vorderberg zu, dessen Waldgürtel unterhalb des breiten Bergrückens ihm die Illusion verschaffte, in den Wäldern Idahos zu wandern.

Daskind war verwirrt. Die Hände auf dem Rücken, wie es Erwachsene tun, versuchte es, mit dem Pflegevater Schritt zu halten. Der da neben ihm lief, war nicht der Mann, der weinende Gott, dessen Tränen seinen nackten Körper benetzten, wenn er mit bedächtigem Zorn auf es einschlug, oft bis Blut floß. Der hier glich jenem melancholischen, jungen Mann mit dem großen, breitrandigen Hut, von dem die Waldfrau, zu der sich Daskind ab und zu flüchtete, behauptete, daß er ihr Bruder sei. Dann leuchteten ihre Augen, und liebevoll glitten ihre Hände über die leicht vergilbten Fotografien und Ansichtskarten in der Schuhschachtel, die griffbereit in der Küche, auf einem hohen Stapel alter Zeitungen aufbewahrt wurde. Auf dem Deckel war eine Landschaftsansicht aufgeklebt, die aus einer Zeitschrift stammen mußte. Im Vordergrund waren düstere Gebäude zu sehen, die sich wie verlassene Katzen aneinanderschmiegten. Sie schienen dem Kind bedrohlich und fremd. An einem Brunnen wuschen sich Männer mit nackten Oberkörpern. Ihre lachenden Gesichter glänzten schwarz, und aus diesem Schwarz leuchteten weiße, gefährliche Raubtierzähne. So jedenfalls empfand es Daskind. Wie Neger, schmunzelte die Waldfrau, aber einer von ihnen sei Kari, der da, sie zeigte auf einen der lachenden Männer; der hochgewachsene, der schöne Kari, so habe man ihn in seiner Jugend genannt. Daskind, das nicht spricht, denkt an den weinenden Silbergott, dem das Blut nicht aus dem Herzen fließt wie dem Silberleider über dem Sofa.

Ein Kind wie Daskind ist leicht zu verwirren, wenn keine Ordnung herrscht. An jenem Tag, einem hellen Frühsommertag, trottet das Kind neben dem Mann her, der es verwirrt. Sie haben die Häuser hinter sich gelassen, in der ersten Steigung wird ihr Schritt langsamer. Weil Daskind auf dem nassen Laub ausrutscht, versucht es, die Hand des Mannes zu fassen, der, weit entfernt, zwischen sich und dem Kind ein Ozean, einen andern Weg geht und dem Kind die Hand nicht reichen kann. Also hält sich Daskind an die Gerüche des Waldes. Und an das Zwitschern, Zirpen und Trillern der Vögel. Manchmal flieht ein Hase ins niedrige Gebüsch, ein Eichhörnchen auf den nächsten Baum. Eichhörnchen, sagt der Mann, oder Hase, ein Wind streicht ihm das graue Haar aus dem Gesicht, so daß die gefurchte Stirn zu sehen ist. Und die Augen, grau wie das Haar. Der Wind hält den Himmel in Bewegung. Das heisere Bellen eines Fuchses ist zu hören. Kari Kenel berührt Baumstämme, betrachtet ihren Wuchs, runzelt ab und zu unwillig die Stirn. Daskind tut es ihm nach, bleibt ihm auf den Fersen, stumm. Die Bäume singen ihre Lieder; Buchen, Birken, hohe, schlanke Tannen miteinander im Gespräch, das jedenfalls behauptet Kari Kenel, wenn er dem Kind den Wald erklärt. Der bewundert das helle Grün der jungen Buchenblätter, ohne, vom Gedanken ans Grünezimmer aufgeschreckt wie Daskind, wegschauen zu müssen. Der sieht ein anderes Grün, einen andern Wald, weit entfernt im fremden Land.

Sie erreichen die Lichtung. Das Weiberfeld. Vor vielen Jahren, erzählen sich die Dörfler, habe sich hier eine am eigenen Fleisch und Blut versündigt, das Gesetz Gottes verachtend. Da sei der Teufel in die Lichtung eingebrochen und habe die Mächler Olga geholt. Noch heute, bei klarer Vollmondnacht, höre man das brünstige Geschrei der Hure.

Den Sohn habe keiner im Haus gewollt. Als Knecht habe er nichts getaugt, nicht richtig im Kopf sei er gewesen. Irgendwann nachdem sich der Mächler Marti zu Tode gesoffen habe, sei auch der Sohn verschwunden.

Daskind setzt sich ins Gras, rupft am blühenden Thymian, atmet den bittersüßen Duft, denkt ans

Geschick der Hure. Es muß das Grün sein, denkt Daskind, Kind Selberschuld, das Grün. Ein Wolkenschatten zerlöchert die Grasfläche. Schweigend kauen Kind und Mann.

An wuchernden Berberitzen und Sanddorn vorbei nehmen sie den Abstieg. Den schwierigeren Weg, sagt Kari Kenel, der sei ihm lieber. Der Weg führt einer Schlucht entlang. Aus dieser Schlucht soll der Teufel gekommen sein, um die sündige Mächlerin zu holen. Tief unten im Gestein orgelt der Bach, schleift sich durch den Fels dem Dorf zu, wo er, seiner Gewalt beraubt, die Bewohner mit seinem reichen Fischbestand erfreut.

Langsam setzt Kari Kenel Fuß vor Fuß. Hier im Schattloch bleibt der Saumpfad den ganzen Sommer über naß und glitschig. Es ist also trotz der genagelten Militärschuhe Vorsicht geboten. Leichtfüßig hinter ihm Daskind. Macht sich ein Spiel daraus, möglichst nah am Abgrund zu gehen. Hört das Orgeln des Bachs als ein grünes Gebet. Lästergebet, Lichtfressergebet. Hört die Brunstschreie der Mächlerin und die des Entsetzens. Greift nach dem Rücken des Mannes vor ihm, der, auf den Stoß nicht gefaßt, auf dem nassen Waldschlick ausgleitet, stolpert und schwer in die Zweige über dem Abgrund fällt. Eine Ewigkeit Erschrecken in den Augen Kari Kenels, der – von den Zweigen aufgehalten – erst in den Abgrund unter ihm und dann ins Gesicht des Kindes starrt. Dunkel ist das Grau vom Erschrecken. Schaut Daskind durch die Angst hindurch mit festem Blick bis zum jubelnden Schrei der Mächlerin, zum Schrei, der ein Tier ist in eisiger Nacht. Kind Ohnegrund. Kann den jetzt unbewegten Himmel über sich einatmen. Und die Angst des Mannes im Gezweig. Könnte zutreten, die Hand, ins Holz verkrampft, zertreten. Müßte fallen, in jene Nächte zurückfallen, aus denen es emporgestiegen ist, in jene eisigen Nächte, die Daskind bewohnt und schon immer bewohnt hat. Wäre Ordnung für lange im Kind.

Aber einer wie Kari Kenel ist ein Widergänger. Bannt den Blick des Kindes trotz der Angst, überrascht das Kind mit stiller Ergebung. Schon löst sich das Bild auf, wird zum Schatten, als der Mann die Hand ausstreckt und dann wieder auf festem Boden steht. Neben dem Kind. Die Hand des Kindes in der Hand des Mannes. Das weint jetzt, Daskind. Hat einen neuen Schmerz gefunden.

3

Aufmerksam betrachtet Daskind die Kiesel. Der Dorfbach macht hier keine großen Sprünge, sanft umspült er Stein um Stein. Umsichtig beleckt er die Wurzeln der Butterblume, sättigt großzügig das blühende Moos. Bunt leuchten die Kiesel im Bach, vom Wasser zurechtgeschliffene Werkzeuge, deren das Kind bald bedarf.

Im Rücken des Kindes das Haus der Waldfrau. Unter dem Giebel haben wie jedes Jahr Schwalben genistet. Daskind weiß nicht, wann die jungen Schwalben verschwanden, aber das aufgeregte Flattern und Jammern des Vogelpaars war tagelang zu hören. So ist's im Wald, sagt die Waldfrau, frißt jeder jeden, je nach Bedarf. Sie greift ins Innere des Hasen, tastet nach Lungen und Herz. Legt das stumme Hasenherz zu den zierlichen Nierchen auf einen Bakelitteller. Füllt den nun leeren Hasenbauch mit Kräutern und Knoblauch, streicht ihm sanft über die prallen Schenkel, ehe das Tier im Ofen verschwindet. Die Lunge landet hinter dem Haus im Brombeergestrüpp. Für den Waldschrat, lacht die Waldfrau. Daskind will nichts hören vom Schrat, denkt, wenn die Frau lacht, daß sie den Wald mit dem Waldschrat teilt und ihn mit der Lunge des Hasen zufrieden stimmt, damit er unsichtbar bleibt. Grad so wie der Immergrüne im nächtlichen Dunkel verschwindet, wenn er mit dem Gewicht seines Körpers die Lungen des Kindes zerquetscht und den Schleim zwischen die magern Schenkel des Kindes gespuckt hat.

Daskind könnte auf das Hausdach der Waldfrau klettern, sich einfach und heiter hinunterfallen lassen. Das wäre ein Staunen im Auge des Immergrünen, sähe er die gebrochenen Schenkel, die zerfetzte Haut. Könnte Daskind auflachen, jubeln vor Freude. Hätte Daskind eine Frist zu nutzen. Doch Gott sieht alles, sagen sie im Dorf, wenn eines der Kinder Schlechtes treibt, und daß ihnen der Leib von Gott gegeben, der allein ihn zurücknehmen darf. Am Herzen Jesu bergen. Das Herz Jesu will keine gebrochenen Schenkel, keine zerfetzte Haut, keinen besudelten Leib. Lacht da der Immergrüne und jubelt.

Endlich findet Daskind den Stein. Der graue Kiesel liegt gut in der Hand. Zärtlich betrachtet Daskind die Maserung, mißt mit geübtem Blick die Rundung des Funds. Mit Schleuder, Stein und Ziel zu verwachsen, hat es gelernt, dann verwittert das Herz nicht beim Schuß. Und daß das Ziel eines ganz bestimmten Steins bedarf.

Daskind wandert mit dem Stein und der Schleuder in den Wald. Ums Kind wimmelt's von Absicht. Da ist ein Leben und Leben im Wald, das zueinanderdrängt und findet. Dornige Ranken zerkratzen die nackten Beine des Kindes. Vögel schrecken auf und fliegen hoch aus dem Niedergehölz. Das Beben der Luft will überall sein, ein Überallbeben berührt Daskind. Das ist nun im Wald aufgehoben, mit sich und mit dem Stein in der Hand.

Das klare Gesicht des Waldes verdunkelt sich zur

Waldmitte. Hier stehen sie, Stamm an Stamm, die hohen, schlanken Tannen. Das kräftige Wurzelwerk ist unter dem Nadelteppich zu sehen. Eine feuchte, dunkle Weiblichkeit erfüllt diesen Teil des Waldes, den Daskind Nimmerwald nennt, im Gegensatz zu den andern Waldgegenden, die fürs Kind keine Namen haben. Die Waldfrau hingegen nennt den Ort Feenrausch, weil die Waldfeen an dieser Stelle vor langer Zeit ihre Feste gefeiert haben sollen. Trunken vom Nektar, hätten sie sich im Reigen gewiegt und gesungen. Die Tannen, bei Festen immer zugegen, hätten sie mit ihrem Rauschen begleitet. Doch einmal seien die Feen vom Tanz in die Ekstase nicht mehr zurückgekommen, obwohl die Tannen zur Rückkehr mahnten. Seither habe niemand mehr die Feen gesehen. Traurig seien die Tannen allein in den Wald zurückgekehrt. Seither herrsche der Schrat im Wald, mit dem sei nicht zu spaßen. Die Bäume aber seien zum Himmel gewachsen, um ab und zu einen Glanz auf den Flügeln der Feen zu erhaschen.

Daskind umarmt den traurigen Baum. Das kann es verstehen, daß da eine Trauer ist, die nie mehr vergeht, wenn keine Feen im Feenrausch tanzen. Das kann es verstehen, Daskind, daß da keine Freude ist, wo die Feen fehlen und der Schrat sein Unwesen treibt. Es ist an der Zeit, flüstert Daskind. Da ist der Stein in der Hand und die Schleuder. Daskind hat sein Geschick, kann nicht aus der Haut. Jetzt hört es die Amsel im Gezweig des Baums, hört im Gezweig das Necken und Rufen. Nimmt still die Schleuder zur Hand. Fühlt die

Kraft im Arm, als es langsam den roten Gummi spannt. Denkt, daß es verwachsen muß mit dem Stein und der Schleuder, dem Ziel. Tut es probeweise, hält inne, nimmt sich Zeit. Moosbewachsene Zeit zieht ins Kind ein, in den Bauch, macht ihn weich und fügsam. Warm.

Fest Jetzt Die Hand Ums Gegabelte Holz Spannt Jetzt Den Schlauch Fühlt Ziel In Der Hand Im Stein Liegt Gut In Der Hand Im Leder Der Schleuder Spannt Fester Noch Fester Fühlt Stein Fühlt Hand Die Schleuder Das Ziel Kann Jetzt Das Sirren Des Steins Und Zugleich Das Locken Der Amsel Kann Das Hören Fühlen Schwarz Explodiert Sonne Im Bauch Und Ein Ziehen Das Sirren Lauter Dann Dumpf Und Schneller Der Fall Still Liegt Vogel Tot Kann Nicht Fragen Kein Vogelfragen Hat Stille Daskind Hat Stille Im Wald Daskind Kehrt Zurück Moosgrüne Zeit.

Kind Ohneschuld, eingesponnen in eine feuchte Träumerei, beachtet den Vogel nicht, braucht den nutzlosen Kadaver nicht, um das Träumen in Schwung zu halten. Sitzt unter den Tannen, die Hände im Schoß gefaltet, lauscht es dem fernen Gesang der Feen, weiß sich vorm Schrat beschützt. In seinem Traum sind alle Vögel unterwegs, trennen mit ihren Schnäbeln die Welt vom Rumpf der Nacht.

Im Chalet sah man die Spaziergänge des Kindes zur Waldfrau nicht gern. Eigentlich waren sie verboten, aber dem Kind wurde nie gesagt, weshalb. Über die Waldfrau, Kari Kenels ledige Schwester, wurde ohnehin nicht mehr gesprochen, seit sie die

Eltern verließ und in den Wald zog. Das war nach der Zeit, als Kari Kenel, den der Krieg in die Heimat zurückrief, die Störschneiderin Frieda Rüegg ehelichte und ihr das Chalet Idaho baute. Die Eltern starben kurz nach seiner Heirat, gramgebeugt, wußten die Dörfler, weil ihnen die Tochter die geschuldete Treue verweigerte. Das hatte es im Dorf noch nie gegeben, daß eine unverheiratete Tochter Haus und Herd verließ, um allein in einer alten Holzerhütte zu leben. Doch die Waldfrau, die Leni, habe ja vom Schaffen nie viel gehalten. Die habe beizeiten vom Schaffen nicht viel gehalten. Oft habe man sie am Waldrand sitzen sehen, gefaulenzt habe sie, obwohl das Gras hochgestanden sei und die Säue in den Koben vor Hunger schrien. Um so mehr hätten die betagten Eltern zugepackt, auf den Sohn sei ja auch kein Verlaß mehr gewesen. Der mit seiner Auswanderei und den teuren Postkarten, die er von drüben schickte. Der Hof ging an Neuzuzüger, an Ambachs aus dem Nachbardorf, weil die Leni nicht zu bewegen gewesen sei, ihn wenigstens an einen Einheimischen zu verpachten. Auch der Kari habe seine Stelle als Vorarbeiter in der Aluminiumfabrik nicht aufgeben und den Hof nicht bewirtschaften wollen. So sei der Leni ein stattlicher Batzen ausbezahlt worden, mit dem sich's gut leben lasse. Aber daß da eine dem Herrgott die Zeit stehle, das sei ein Ärgernis. Die hause im Wald, als sei sie vom Bessern.

Andere wußten von den Spaziergängen der Waldfrau zu berichten. Kraut um Kraut nehme sie zur Hand, einige trage sie gebündelt nach Hause.

Man könne nur ahnen, was daraus zusammengebraut werde. Gescheites könne es nicht sein, bei so einer.

Andere wollten sie bei Vollmond im Wald gesehen haben. Oft mit nackten Füßen und nur in ein weißes Hemd gekleidet. In so einem Dorf wird halt viel geredet, wer weiß schon, was an den Geschichten wahr ist, die sich die Frauen beim Warten aufs Anprobieren in Frieda Kenels Nähstube erzählen.

Daskind wußte von den Erzählungen. Ging hin, auch wenn es verboten war.

Das erste Mal hatte sich Daskind verirrt. Es war aufgebrochen, die Puppe zu suchen, seine Puppe, die Frieda Kenel in den Dorfbach geworfen hatte. Die Puppe war ein Geschenk der Kellers nebenan. Eigentlich kein Geschenk, eher ein Lohn, denn für die Stoffpuppe mußte Daskind der Keller Marie wöchentlich dreimal das lange, wirre Haar bürsten. Vorsichtig hatte es durch das Haar zu fahren, vorsichtig Knoten um Knoten zu lösen, bis das Haar glatt und glänzend über die Schultern des Mädchens floß. Das Haar roch nach Kakao und Kuchen. Wenn Daskind unvorsichtig wurde und an den hellen Haaren riß, schlug Marie es ins Gesicht oder – noch schlimmer – Marie weinte so lange, bis die Keller vom Laden hochkam und Daskind laut schimpfend aus dem Haus jagte. Oder Anton Keller selbst kam und nahm Marie in den Arm. Nach dem Bürsten besah sich Daskind seine Hände. Nie hatte das Gold des Haars Spuren hinterlassen, die Handteller blieben weiß.

Einmal hatte es das Haar der Keller Marie besonders vorsichtig gebürstet. Seidenweich war es anzufühlen. Marie ließ sich und ihre Haarpracht kokett bewundern. Da griff die Keller in eine Spielzeugtruhe und holte die Puppe hervor. Da nimm, armes Ding, und daß du morgen wiederkommst.

Die Stoffpuppe wurde in die Überlebensstrategie des Kindes eingebaut. Von allem Überflüssigen befreit, schien sie dem Licht zugehörig, in das die Tannen getaucht waren, wenn sie dem Glanz der Feenflügel nachtrauerten. Dann war auch jenes dunkle Rauschen zu hören, das jetzt Daskind beim Anblick der Puppe zu hören glaubte. Vorsichtig löste es den schwarzen Faden aus dem Stoff, an dem vermutlich das eine Auge befestigt war. Dann kratzte es die rote Farbe weg, die einmal ein Lippenpaar markierte. Der Mund, nur noch eine zarte, kaum sichtbare Kerbe in der unteren Hälfte der runden Gesichtsscheibe, lächelte weltentleert.

Die Hände und Füße der Puppe zeigten Zerfallserscheinungen. Finger und Zehen fehlten ganz. Wolle quoll aus den Wunden hervor, Daskind stopfte sie in die Öffnungen zurück. Der Rumpf war in ein Tuch von undefinierbarer Farbe eingenäht. Lose baumelten die Beine am Rumpf. Daskind schwang die Puppe im Kreis, bis es im Schultergelenk knackte. Dann riß es der Puppe die baumelnden Beine in den Spagat und bohrte mit dem Zeigefinger ein Loch in den brüchigen Stoff. Schließlich fand es einen geeigneten Knebel, um

Kellers Geschenk aufzuspießen, und lief, die Trophäe hoch erhoben, nach Hause.

Wenn mich die Keller Marie jetzt schlägt, werde ich der Puppe Nadeln ins Gesicht stecken, dort, wo die Augen waren. Und ins Herz, in den Bauch. Ich werde keine Stelle auslassen, denkt Daskind. Keine Stelle, auch nicht die Stelle mit dem Loch.

Und auf dem Stuhl im Grünenzimmer werde ich an die Puppe denken, denkt Daskind, und nachts, wenn der Immergrüne ... Dann auch.

Aber nun war die Puppe weg, und Daskind machte sich auf, sie zu suchen. Nachts zuvor war wieder der Immergrüne ins Kind eingebrochen. Daskind hatte lange die Puppe gequält und sie schließlich an einen Nagel gehängt, daß der Stoff im Rücken riß.

Weggeworfen. In den Bach, hatte die Pflegemutter gesagt. Also lief das Kind zum Bach. Es war ein schwieriges Suchen, denn Daskind wußte nicht, an welcher Stelle Frieda Kenel die Puppe in den Bach geworfen hatte. Auch konnte der Bach die Puppe mitgenommen haben, davongetragen wie die Äste und Steine, die er nach Gewittern auf die Dorfstraße spülte.

Daskind trottet dem Bach entlang dem Wald zu. Es weiß, wo die Pflegemutter die wilden Beeren holt, die sie für den Winter zu Kompott verarbeitet. Im Keller stehen die Gläser auf den rohen Holzbrettern. Nach einiger Zeit sind sie von klebrigem Staub überzogen, dann sieht man die Schrift nicht mehr und muß an der Farbe des Eingemachten erraten, was man auf Geheiß der Pflegemutter in die Küche hochschleppt. Ist es das Falsche, muß Daskind wieder in den Keller steigen, obwohl es sich fürchtet vor dem Dunkel und den großen Spinnen. Oft glaubt es, die Spinnen auf dem Gesicht zu spüren oder Spinngewebe, das von der Decke hängt. Dann schreit es laut im Dunkel des Kellers, weil es den Lichtschalter nicht berühren darf. Das hat die Pflegemutter verboten, daß Daskind Licht macht, wenn es in den Keller hinuntersteigt. Das hat sie verboten, und daß Daskind schreit. Aber Daskind kann nicht aufhören zu schreien, obwohl es Angst hat, daß ihm eine Spinne in den Mund klettert und dort ein Netz spannt, an dem Daskind ersticken muß.

Jetzt hat es die Stelle erreicht. Hier ist der Bach ein friedliches Gemurmel, schön anzuschauen mit den bunten Steinen und den Blumen, die am Bachrand blühen: Dotterblumen, weiße Waldanemonen und Engelwurz. Ein gelbes Licht verzaubert das Gebüsch, Frieda Kenels Gebüsch, Frieda Kenels Beeren, die sie in kleinen Körben nach Hause trägt. Daskind muß die Puppe finden. Starrt angestrengt in den Bach. Sucht mit weiten Augen das Wasser ab, das Ufer. Im Moos liegt die Puppe, der Bach hat sie nicht fortgetragen, hat sie achtlos ans Ufer gespült, wo sie sich in abgebrochenen Zweigen verfing. Von den Zweigen gehalten, liegt sie im Moos, sanft gleiten kleine Wellen über ihren Stoffkörper, manchmal verschwindet der Kopf in den Wellen. Daskind klettert vorsichtig die Böschung hinunter, greift nach der nassen Puppe, zieht sich wieder hoch. Mustert die Puppe, schüttelt sie und schwingt sie in der Luft. In den Wassertropfen bricht sich das Licht, kleine, regenbogenfarbene Kugeln, ein lebendiger Kreis um Daskind und die Puppe.

Aber Daskind verläßt den Kreis, will nicht vom Regenbogen, nicht vom Licht und den Farben gefangen werden. Nimmt einen dicken Prügel und die Puppe, läuft hastig in den Wald. Dort, weitab vom Bach, haut Daskind auf die Puppe ein, langsam, entschlossen. Blind. Findet den Rücken der Puppe blind. Schreit und haut. Jedem Schrei folgt ein tiefes Knurren aus dem Innern des Kindes. Prügelt die Puppe in den weichen Waldboden. Kann nicht aufhören, muß und muß. Schreit und knurrt. Das hat es von den Wölfen gelernt, daß da kein Erbarmen ist, wo Blut fließt. Schlägt jetzt schneller, Daskind, verbeißt sich im Stoff, zerreißt den Fetzen Stoffleib, bis nicht mehr zu sehen ist, was es war.

Pocht das Herz rasend.

Ist ein Zorn im Kind.

Zittert Daskind.

Schreit weiter, Daskind.

Bis eine Hand es streift und seine schreiende Stimme in der ruhigen Stimme der fremden Waldfrau verschwindet.

Starren sich an, die Frau und Daskind. Fremdlinge im Wald, der ein Tor ist zu den Gesängen der Fee. Führt eine Einsamkeit die andre durchs Tor, ein Fremdling den andern, eine Not die andere Not, führt eine Hand die andere tief in den Wald, wo das Holzhaus steht. Jetzt beide stumm.

Kocht die Waldfrau Kakao. Stellt Kuchen auf den Tisch. Bittet das Kind zuzugreifen. Nie hat jemand Daskind um eine Gefälligkeit gebeten, nicht am Tisch und nicht in der Nacht ohne Sinn. Daskind stopft sich den Kuchen ins Maul. Schluckt süß und süß, will wiederkommen. Bald.

4

Ein Frostflaum auf den Lippen des Kindes. Auf der Suche nach dem ordentlichen Leben wandert es zum Friedhof, der hinter der Michaelskirche liegt. Kann sich selbst nicht gelingen, wenn es die Toten zu lange meidet. Der Friedhof, für Daskind die siebente Tür, hinter der das Paradies sich befindet. Von der Welt abgenabelt, liegen sie unter der Erde, harren geduldig der Zersetzung durchs Gewürm. Das muß das Paradies sein, diese passive Art, sich des lästigen Körpers zu entledigen. Die einzige Möglichkeit, dem Herrn die Macht über das gewesene Fleisch zu stehlen, sich zurückzuholen, was ihm angeblich gehört. Weil keine Maden zur Hand sind, legt sich Daskind rote Regenwürmer auf die nackten Beine, hofft es auf die Gier der roten Fresser und bietet ihnen seine Haut bedingungslos zum Fraß. Aber die wollen nichts vom Kind, fallen vom Bein, verschwinden in der Erde. Bedauernd verfolgt Daskind ihren Rückzug.

Im hintern Teil des Friedhofs, unweit der Friedhofsmauer, die alte Eibe. Der Baum wächst in den Himmel wie die Tannen. Daskind weiß nicht, was für ein Schmerz so hoch hinauf zwingt, wieviel Glanz man ihm genommen oder welchem Gesang er sich so verzweifelt entgegenstreckt. Jedenfalls scheint er ein trauriger Baum zu sein. Daskind streicht mit den Händen über die rötlichbraune Rinde, umfaßt den Stamm, um das Herz schlagen zu hören. Mit den Bäumen kennt es sich aus. Und die Bäume mit dem Kind. Dieser hier ist nicht nur ein trauriger Baum, in der Blüte wird er ausgesprochen freundlich, wenn sich ein Mensch in seinen Schatten legt. Das tut Daskind im Frühling, wann immer es kann, denn auch für die Friedhofspaziergänge muß man sich davonschleichen, Frieda Kenel überlisten, das Haus ungesehen verlassen und dafür sorgen, daß die Gartentür nicht knarrt. Bleibt der Weg durchs Dorf, an Kellers Laden vorbei zum Italiener, der in seinem Schaufenster Kämme, hübsche Frauenfrisuren, Scheren, Rasiermesser, Seifen und dicke Pinsel aus Dachshaar feilbietet. Dann der Hauptstraße entlang zur alten Schule, wo jetzt im Dachgeschoß die zwei Lehrerinnen wohnen, Nonnen in schwarzen Gewändern und Schleiern. Schwester Guido Maria betreut die erste Klasse, Schwester Eva die zweite und dritte, die höheren Klassen werden von Lehrern unterrichtet.

Die unteren Stockwerke des alten Holzbaus dienen nicht mehr als Schule. Daskind liebt diese Räume, die knarrenden Bretter unter den Füßen, das weiche Licht, wenn die Sonne die langen Fensterreihen mit den staubigen Scheiben bescheint. Die niedrigen Bänke sind mit Nachrichten vollgekritzelt; Bruno libt Mari, die Vreni den Josef, auch: Rösi ist eine tume Kuh, Zahlen, pfeildurchbohrte Herzen, Gedächtnisstützen, Fratzen und Karikaturen. In den Tintenfässern vertrocknet die Tinte zu unansehnlichen Klümpchen, da und dort liegen noch angekaute Federhalter, gebrauchte Löschblätter, alte Schulbücher. An den Wänden hängen

Zeichnungen, das Papier schon etwas vergilbt und brüchig.

Der blau gekachelte Holzofen ist nicht ausgeräumt. Niemand hat sich nach dem Umzug die Mühe genommen, die Schulräume zu reinigen. Als hätten die Kinder in letzter Minute flüchten müssen, alles zurücklassend, was nicht unbedingt notwendig war, so sieht es aus, und das liebt Daskind, das nicht flüchten kann.

Den Kiesplatz vor dem neuen Schulhaus durchquert Daskind im Laufschritt. Das rhythmische Knirschen unter den Sohlen nicht achtend, huscht es an den blankgeputzten Fensterreihen vorbei und übersieht die glotzenden Kinder hinter den Scheiben. Dann ist das Schulhausportal zu überwinden, wo der Schulwart mit der Pfarrhaushilfe plaudert und mit der Faust droht, wenn Daskind zu nahe kommt. Das Schulhaus, den Schulwart und die Pfarrhaushilfe im Rücken, streicht es auf Zehenspitzen der Rosenhecke des Kirchgartens entlang, am schlafenden Köter des Sigristen vorbei, dringt zur St. Michaelskirche vor und nähert sich endlich dem Friedhofstor. Das heisere Geräusch des eisernen Tors zerschneidet Stille und Zeit, dem Kind fällt das Dorf ab, es ist für die Eibe bereit.

Die Freundlichkeit des Baumes liegt in seinem Duft, den er großzügig verströmt. Ein bitterer, schwerer Geruch, der sich zuerst auf Gaumen und Nasenschleimhäute legt und das Irdische in den Gedanken begrenzt. Nach einem leichten Brechreiz und einer kurzen Dumpfheit in Gehirn und Gliedmaßen füllen sich die Lungen mit weicher, leicht salziger, fließender Luft. Diese Luft nimmt dem Körper die Schwerkraft und gibt ihm die Bedürfnislosigkeit der Zeit im mütterlichen Bauch zurück. Der Duft der blühenden Eibe bemächtigt sich der Haut, macht sie fügsam und willig, dringt in die Poren vor, in jene Bereiche, die selbst Liebenden verborgen bleiben. Mit unsichtbaren Händen streichelt er die Haut und das Verborgene, beruhigt das gequälte Geschlecht, Daskind lächelt im Schlaf.

Abgestorbene Nadeln der Eibe bedeckten die am nächsten gelegenen Gräber und das grüne Band hinter der Friedhofsmauer. Hier waren des Kindes liebste Toten zu Hause, die Selbstmörder, Verbrecher und die Ungetauften. Ihre Leichen wurden im Morgengrauen verscharrt. Kein Pfarrer war zugegen, wenn der Ochsner Toni den schmucklosen Sarg in das Loch versenkte. Das war es ja gerade, was man den Unglücklichen vorenthalten wollte, den Segen der Kirche. Schweigend ließen der Sigrist und der Ochsner Toni die Särge ins Loch gleiten, schütteten das Grab zu und bedeckten die im Morgengrauen dampfende Erde mit den vorher ausgestochenen Grassoden. Dann klopften sie sich die Hände an den Hosen sauber, gingen wortlos davon.

Solche Begräbnisse sind selten. Seit Daskind ins Dorf geholt wurde, mußte man nur drei Menschen hinter der Friedhofsmauer verscharren. Wenn die Frauen im Dorf davon sprachen, bekreuzigten sie sich und murmelten amen. Einmal wurde ein Neugeborenes verscharrt, der Sarg war so klein, daß ihn der Ochsner Toni wie ein Postpaket unter den Arm geklemmt trug und dabei nicht einmal ächzte.

Nachts scheinen die Pflegeeltern schwerhörig zu sein. Nichts stört ihren Schlaf in der Kammer gegenüber der Küche. Hören nicht das leise Knarren der Treppenstufen, nicht die vorsichtigen Schritte des Kindes, wenn es das Haus verläßt. Beim Gartentor angekommen, hält Daskind atemlos inne. Die Straßenlaterne verschluckt die Sterne.

Die Nacht des Kindes ist ein undefinierbarer Ort. Ungeduldig zehrt die Nachtluft von der Wärme am Kind.

Ein schwaches Licht beleuchtet die Stelle, wo das Neugeborene begraben werden soll. Ein bescheidener Hügel ausgehobener Erde ist nötig, um dem kleinen Holzsarg Platz zu schaffen. Bald werden sich Maden und Würmer an das Ungetaufte heranmachen, werden es von innen her zersetzen, bis nichts mehr bleibt als ein paar Knöchelchen und ein winziger Schädel. Sogar ein Neugeborenes kann sich der Allmacht Gottes entziehen, denkt das Kind, dem Herzen Jesu, der das unbesudelte Fleisch erbarmungslos zu sich holt.

Die Männer können das lauernde Kind nicht sehen. Gleichmütig gehen sie ihrer Arbeit nach. Daskind kauert fröstelnd an der Mauerstelle, wo ein faustgroßes Loch den Blick auf den verwunschenen Ort freigibt. Dem Kind entgeht nichts, nicht die blinde Sicherheit der arbeitenden Hände, das rohe Holz des Kindersargs, der dampfende Schlund der Erde.

Durch die Tannenbretter hindurch sieht Daskind das Kind.

Will weinen.

Spürt die rätselhafte Wärme des Unglücks.

Ragt mit seinen Antennen fürs Tote in die Friedhofsnacht, mit nichts als einer Sehnsucht bekleidet.

Als der kleine Sarg in den dampfenden Schlund gesenkt wird, sinkt auch Daskind. Hat die Nacht ein Rechteck Klarheit ausgespart, in dem Daskind versinkt, langsam, unterm Arm des Ochsner Toni, der ein großer Tröster ist, ein Erzengel, dem Herz Jesu trotzend.

Im Kind schneit es, wird es weiß und nachgiebig.

Tief gräbt eine Scherbe sich dem Kind in die Haut, als das Bamert Änneli begraben wird. Ein Höhepunkt im Leben der kleinen Dorfgemeinde. Das Unglück wird während Wochen besprochen, nicht nur in der Nähstube der Schneiderin Frieda Kenel, auch an den Stammtischen der Dorfvereine, selbst in der Sennhütte konnten sie sich nicht satt reden an dem Geschehen. Obwohl niemand genau wußte, was sich an jenem Tag tatsächlich ereignet hatte, als sich Louis Schirmer, auf dem schweren Motorrad vom Vorderberg kommend, und das Bamert Änneli, das Fahrrad den Stutz hinaufschiebend, am frühen Morgen auf halber Höhe am Vorderberg begegneten. Keiner ahnte, was Louis Schirmer, ein reicher Bauernsohn aus der Nachbargemeinde, um diese Zeit auf dem Vorderberg zu suchen gehabt hatte, und der Umstand, daß sich die Bamert Anni just an jenem Morgen eine halbe Stunde später als sonst auf den Weg zum Vorderbergseppli gemacht habe, verweise geradezu schreiend auf einen Plan des Teufels. Ein Goschmar sei es, mit oder ohne des Teufels Hilfe, wisperte die Freudenstau über den Ladentisch der Kellers, wobei sie das O so raffiniert in die Länge zog, daß aus dem Wort fast ein Jodel wurde.

Anni Bamert hatte das Wärchen früh lernen müssen. Der kleine Hof der Bamerts warf kaum etwas ab. Vater Bamert hatte sich außerdem mit dem Kauf einer elektrischen Baumsäge so hoch verschuldet, daß er beim Wuchermoritz vorstellig werden und ein Darlehen erbetteln mußte. Der, mit richtigem Namen Schirmer, Vater eben jenes Louis Schirmer, bot Hand zum Handel und setzte einen derart unverschämten Zins fest, daß auch der Hinterletzte begriff, weshalb man ihn Wuchermoritz nannte. Wuchermoritz, von ungetrübter Habgier, lachte sich nach dem Handschlag ins Fäustchen; hatte er doch den Bamert soeben zum Pächter seines eigenen Hofes gemacht.

Kaum aus der Schule, verdingte sich die Bamert Anni dem ledig gebliebenen Vorderbergsepp als Magd. Schließlich hatte man vom Herrgott zwei Hände bekommen, die anpacken konnten. Mägde waren noch billiger zu haben als Knechte, darum erledigte das Änneli zusätzlich zur Hausarbeit auch die Arbeiten im Stall, nachdem der Sepp in der Frühe die Kühe gemolken und, wenn es die Jahreszeit erlaubte, am steilen Hang ein paar bescheidene

Schübel Gras gemäht hatte. Der Sepp hätte die Anni gerne geheiratet, aber da war der beträchtliche Altersunterschied, das Gespött und Gerede hätten nicht lange auf sich warten lassen. Der Sepp, ein Sonderling, im Dorf nur einmal jährlich gesehen, während des Jahrmarkts auf Schättis Viehweide. Da stand dann der Sepp mit einem melancholischen Staunen in den Augen vor den gutgenährten Kühen mit ihren prallen Eutern, staunte noch mehr ob der geballten Kraft der Stiere, deren Felle, in schönes Licht getaucht, seidig glänzten. Wehmütig dachte er an das magere Vieh auf dem Berg. Das würde er sich nie leisten können, nicht eine einzige dieser Kühe, nicht einmal einen Ochsen, der ihm einen Teil der Arbeit abnehmen könnte.

Ein Auge auf das Bamert Änneli hatte auch Louis Schirmer geworfen. Der, gewohnt zu bekommen, was er begehrte, strich dem Mädchen nach. Kein Ort im Dorf, wo sich Anni vor seinen Nachstellungen hätte verstecken können. Louis spürte es selbst in der Kirche auf. Bei der Kommunion, wenn sich Frauen und Männer aus ihren Bänken zwängten und beide in getrennten Reihen, aber nebeneinander, nach vorne schlurften, um den Heiland zu empfangen, schaffte es Louis Schirmer, neben Anni Bamert an den Altar zu treten, um, wiewohl ungläubig, in gotteslästerlicher Weise vor dem heiligen Sakrament das freche Maul aufzureißen. Der Triumph war nicht zu übersehen, wenn er, das hilflose Änneli im Visier, an der Hostie lutschte und an ihrer Seite ins Kirchenschiff zurücktrat. In der er als nicht Einheimischer eigentlich nichts zu suchen hatte. Die Nachbargemeinde hatte schließlich ihren eigenen Pfarrer in der eigenen Kirche, aber das kümmerte Louis Schirmer nicht.

Von Schirmers Nachstellungen eingeschüchtert, wurde Anni Bamert immer stiller. Im Dorf flüsterten sich die Frauen mitleidig zu, daß selbst ihr Schneewittchenhaar an Glanz verloren habe und die milchweiße Haut noch durchsichtiger geworden sei. Scheu und niedergeschlagen machte sie die täglichen Einkäufe für den Vorderbergsepp. An den wenigen Tanzanlässen im *Schwanen* fehlte sie ebenso wie in der Frauenriege. Wenn es ihre Aufgaben nicht erforderten, mied sie das Dorf.

Von der Kanzel wetterte Pfarrer Knobel über die Abtrünnigen, drohte ihnen Tod und Hölle an, wenn sie nicht in den Schoß der Kirche zurückfänden, aber Anni Bamert war nicht mehr zu bewegen, die Michaelskirche zu betreten, so groß war die Scham, Gegenstand eines solch unverschämten Begehrens zu sein.

Nach dem Unglückstag meinte mancher, man habe das arme Kind schmählich im Stich gelassen. Wenn jetzt die Anni zusammen mit ihrem Freier außerhalb der Friedhofsmauer liege, könne sich der eine oder andere ruhig ins Gewissen schreiben, daß die Geschichte auch wegen der Bigotterie der Dörfler ein schlimmes Ende gefunden habe.

An diesem Tag vergaß der Vorderbergbauer seine Grundsätze, die ihm verboten, den Hof mehr als einmal jährlich zu verlassen. Noch nie war es vorgekommen, daß die Anni nicht pünktlich zur Arbeit erschien. Er hätte seine Uhr nach ihr richten können. Beunruhigt zerrte Sepp sein verrostetes Motorvelo aus dem Schuppen und schwang den Hintern unbeholfen auf den speckigen Ledersitz. Dem stotzigen Hang entlang fuhr er zur Stelle, wo der Waldweg in seinem kargen Weideland endet, in der Erwartung, hinter der ersten Wegbiegung Anni entgegenkommen zu sehen, die sich, kann ja einmal vorkommen, nur verspätet hatte. Als er Anni nicht antraf, fuhr er vorsichtig den schmalen Waldpfad hinunter in Richtung Dorf.

Was der Sepp auf halber Höhe des Vorderbergs wirklich sah, hat er sein Leben lang für sich behalten. Es kann kein schöner Anblick gewesen sein, die Bamert Anni, blutüberströmt und zerschmettert unter der Buche, die sie noch im Tod mit dreckverschmierten Händen umklammert hielt. Unweit davon der Schirmer, ein blutiges Bündel Fleisch im Gehölz. Die beiden Fahrzeuge lagen, ineinander verkeilt, auf dem matschigen Weg, einzelne Teile fand Sepp weit verstreut im Unterholz. Eine bedrückende Stille umgab den Schreckensort, kaum wagte Sepp zu atmen.

Auf dem Weg ins Dorf konnte Sepp dem Brechreiz nicht widerstehen. Wellen der Übelkeit schlugen über ihm zusammen. Er verlor die Gewalt über das Motorvelo, schwer schlug er auf, dann übergab er sich.

Später wischte sich der Vorderbergsepp Rotz und Kotze aus dem Gesicht und stellte das Motorvelo ordentlich an einen Baum. Zu Fuß erledigte er den Rest des Weges, schwach in den Knien.

Bei Kellers trat er ein, starrte am Gesicht des Ladenbesitzers vorbei zur Wand, als sei dort die Antwort auf sein Rätsel zu lesen. Gott mußte besoffen gewesen sein, als er den Rüpel das Bamert Änneli überfahren ließ. Man habe da oben am Berg zu tun, knurrte Sepp, die Kellerin solle schon einmal dem Janser Wisi Bescheid geben und den Landarzt Mächler rufen, die Anni liege tot im Wald. Vom Schirmer Louis sprach er nicht.

Der absurde Tod der Bamert Anni war nicht schuld daran, daß die Tote ungesegnet neben den Louis und hinter die Friedhofsmauer zu liegen kam. Schuld daran war das Untersuchungsergebnis, Mächlers Obduktionsbericht, der die Schwangerschaft des Mädchens festhielt. Das war dann ein Wettern nicht nur von der Kanzel herunter, das ganze Dorf, vor allem die Frauen, einte der Gedanke an die Höllenqual, die jetzt das Anni zu erleiden habe. Zugeschlagen habe der da oben, mit strafender Hand ins Geschick der Anni eingegriffen, so weit komme es halt, wenn eine heimlich dem Laster fröne, das Heiligste schände, das eine Ehe zu bieten habe. Mit dem Allmächtigen sei nicht zu spaßen, donnerte Pfarrer Knobel von der Kanzel herunter, wehe dem Sünder, der Gott versuche. Sein sei die Rache, in Ewigkeit, amen.

Bei Anni Bamerts und Louis Schirmers Begräbnis ist das Kind nicht der einzige Zaungast. Stumm lehnt der Vorderbergbauer an der kalten Mauer. Die Hände unbeholfen ineinander verschlungen, hadert er mit seinem Gott. Er beachtet

Daskind nicht, das neben dem Loch in der Mauer kauert und frierend dem harten Poltern der Särge lauscht. Es ahnt Daskind, daß da kein Frieden ist im Tun, daß sich der Herrgott, das Dorf und der Pfarrer, alle unter einer Decke, gegen die Anni verschworen haben.

Tief gräbt sich die Scherbe in die Haut des Kindes. Fast stöhnt es auf, Kind Selberschuld. Einsam wird aller Schmerz ausgekostet, den das Schicksal zu bieten hat. Auch den Schmerz der Anni muß Daskind trinken, allen Schmerz der Anni, damit die sich dem Frieden übergeben kann, der ein langer Tod ist und ein Licht.

5

Ein gewaltsamer, heftiger Frühling neigt sich dem Ende zu. Mit demütigen Augen betrachtet Kari Kenel seine Rosen. Es ist keine Woche her, seit Kari die Vorbereitungen für eine neue Züchtung traf. Am frühen Morgen sammelte er die Pollen der Venise und ließ sie vorsichtig in weiße Papiertütchen gleiten. Auf einem schmalen Papierstreifen notierte er Namen und Alter der Sorte, die er mit der Falbala, einer großblumigen, aprikosenfarbigen Teehybride kreuzen wollte. Dabei hatte er es nicht auf die Verfeinerung der Aprikosenfarbe abgesehen, sondern auf das zarte Korallenrot an den Rändern der Blütenblätter. Das lebhafte Rosa der Venise, unterstützt vom zarten Korallenrot der Falbala, sollte in der neuen Zucht seine Vollendung finden. Noch am selben Abend, bei völliger Windstille, bestäubte Kari Kenel die Narbe der zu befruchtenden Blume. Er befestigte ein Etikett an dem Zweig, das er mit dem Namen des weiblichen Partners und jenem des Vaters versah, die er bei gelungener Zucht im Rosenzivilregister einzutragen hatte. Erhebt ein Nachkomme bei einer Neuheitenprüfung Anspruch auf Anerkennung, müssen die Namen der Eltern genannt werden.

Nach der Befruchtung deckte Kari Kenel den Zweig mit einer Haube zu. Sie würde das Eindringen fremder Pollen verhindern und die befruchtete Narbe vor allzuviel Wärme und Gewitterregen schützen. Nach Ablauf eines Monats würde sich die samenschützende Hülle ausdehnen, die Bildung einer Hagebutte deutlich werden.

Am Blattwerk der Trauerrose entdeckte Kari Kenel vereinzelte Miniergänge. Die Miniermotte war ein ungern gesehener, aber leider häufiger Gast. Übersah man sie, fraßen sie sich in kürzester Zeit durch die Rosenblätter und hinterließen ein zartes, filigranes Muster, das an persische Ornamente erinnerte. Doch so weit wollte es Kari Kenel nicht kommen lassen. Er behandelte den Rosenbaum mit einer Spritzbrühe.

Und nun, keine Woche später, steht Kari Kenel mit demütigen Augen vor seinen Rosen. Stumm betrachtet er die Sträucher, verspürt ein heftiges Bedürfnis nach einer Erklärung, nicht anders als der Vorderbergbauer ein knappes Jahr zuvor beim Anblick der toten Anni. Kari Kenel betrachtet die Sträucher oder das, was einmal kraftstrotzende, knospende Rosensträucher gewesen waren. Der Hagel hat ganze Arbeit geleistet, hat erbarmungslos Strauch um Strauch zerschlagen, zerfetzt.

Das Gewitter kündigte sich mit einem schwefelgelben Himmel an, kurz nachdem sich Daskind beim Silberleider für den Tag bedankt hatte und in die Schlafkammer verwiesen wurde. Diesmal ohne Umweg.

Es sah aus, als reiße der Himmel das Maul auf und blecke die Zähne. Ein heiseres, gelbes Gebell war der Himmel über dem Tannsberg, der Wald, in dieses schmutzige Gelb getaucht, schien mit ihm zu brüllen.

Hastig hatten die Männer ihre Milchkannen geleert. Das Lachen der Hüttenmarie fehlte, zu schwer hockte dem Abend das aufkommende Gewitter im Nacken. Als hielte er den Atem an ob dem Gewicht.

Auch dem Kind war's schwerer und schwerer im Genick. Für Gewitter hatte es den Instinkt der Hunde, die sich schon vor dem Ausbruch in die Hütte, unter den Tisch oder in eine dunkle Ecke verkriechen.

Ein heller Blitz erhellte die Kammer des Kindes, dann geschahen zwei Dinge gleichzeitig. Begleitet von einem gewaltigen, hohen, fast schrillen Donnerknall, der sofort in ein dumpfes Grollen überging, fielen, ohne daß es vorher geregnet hätte, die Hagelkörner. An dem von ihnen auf dem Dach erzeugten und sich sekundenschnell verändernden Ton konnte Daskind die Größe der Hagelkörner erraten. Erst prasselten sie nieder, als schütte der Himmel zu Brei zerstampftes Eis auf die Erde. Das waren die kleinen, für die Landschaft mäßig gefährlichen Körner. Diesen folgten größere, der Ton wurde hart, mit hohlem Klang, eine Musik, die Glasmarmeln auf dünnblättrigem Schiefer erzeugen. Doch schneller im Rhythmus, rasend schnell, Haselnußhagel, der plötzlich als Walnußhagel niederprasselt, wie der dumpfer werdende, um eine Nuance hohler klingende Ton verrät.

In diesem Augenblick hat der Hagelschlag schon großen Schaden angerichtet, die Bauern haben ihre voraussichtlichen Ernteeinbußen grob überschlagen. In den Ställen brüllt angstvoll das Vieh, Kinder, von ihren Müttern im Arm gehalten, weinen.

Daskind, von niemandem in den Arm genommen, weint nicht. Still lauscht es den entfesselten Kräften, schaut mit weit offenen Augen in die grellen Lichtschwaden, die wütend den düstren Raum unterm Dach zerfetzen. Schaut das lichtlose Kind die Lichtschwaden der Blitze, bis es, geblendet, die Augen schließen muß.

Ein weiterer, fürchterlicher Donnerschlag zerreißt dem Kind fast das Trommelfell. Nach einer Schrecksekunde Taubheit hört es das veränderte Aufprallen des Hagels. Eigroße Geschosse prasseln nieder, unterstützt vom orkanartigen Sturmwind fegen sie die Ziegel vom Dach. Von der Michaelskirche dröhnt die Sturmglocke über das Dorf, Männer, die Feuerwehrjacke über dem Kopf, rennen zum *Schwanen*. Auch Kari Kenel rennt mit. Kann sich nicht um seine Rosen kümmern. Kann nichts für sie tun, ist, wie die andern, eine Marionette an den Fäden des zürnenden Gottes. Ein solches Gewitter schreckt den Bach aus dem Schlaf, wissen sie, und daß manch einem das Haus über dem Kopf angezündet wird, wenn der da oben den Zorn nicht zügelt.

Nun hat das Gewitter seinen Zenit überschritten. Das plätschernde Geräusch des Regens löst das Prasseln des Hagels ab. Still liegt Daskind, hat jetzt ein Immerweh im Genick vom Lauschen. Ist nichts im Kind vom reinigenden Gewitter. Hat das Fluchen des Immergrünen gehört, der nicht in den *Schwanen* muß und keiner Überschwemmung wehrt. Wo der sich einschleicht, weiß Daskind, brennt immer ein Feuer. Daskind, das nicht zu löschen vermag.

Nachts ist dem Kari Kenel der Tod seiner Rosen unter die Haut gesickert. Müde vom Warten im *Schwanen* auf weitere Katastrophen hat er den Heimweg unter die Füße genommen, beim Gartentor tief Atem geholt und ist dann mit hölzernen Schritten vor seine Rosensträucher getreten. Die Taschenlampe in der Hand, weil das Licht der Straßenlaterne fehlt. Das muß der Anfang vom Weltuntergang sein, im festgeschriebenen Plan unter Punkt 1 aufgelistet, daß die Rosen sterben in so einer Nacht, einer Gewitternacht, denkt Kari. Geknickt die schlanken Stiele der Katherine Perchtold, deren kupfrigorangene Blütenknospen als unansehnliche, schon bräunlich verfärbte breiige Klumpen im Matsch liegen. Nicht besser steht es um Madame Armand, mit der er voriges Jahr an der internationalen Rosenbörse Bewunderung und Respekt errang. Der Strauch, heillos in den Boden gestampft, liegt in Agonie, es ist Kari, als spüre er den Luftzug auf seinem Gesicht, den Rosenblüten erzeugen, wenn sie ihre Seele aushauchen. Madame Armand, geraniumrot, die großen, gefüllten Blüten mit einem hellen, strahlenden Gelb durchleuchtet, Kari Kenels ganzer Stolz. Er hatte Jahre gebraucht, bis er die anspruchsvolle Dame zur vollen Schönheit erblühen sah. Jahr für Jahr ergänzte er seine Pflege um kleine Tricks, bis sich die Spröde endlich ergab. Sie liebte das ewige Spiel der Annäherung, des Sichzurückziehens, sie liebte den tiefen, orgelnden Ton seiner Stimme und reagierte halsstarrig auf unangemessene Berührungen. Und nun lag sie da, geschändet, tödlich verwundet von der Wucht des Hagels.

Auch Eleonores dunkelgoldene Knospen hatten den Anschlag nicht überstanden, ihr grünes Blätterkleid schwamm zerfetzt in den Wasserlachen. Selbst Caprice, die dankbarste unter Kenels Rosen, würde heuer nicht blühen, würde ihr blendendes Karmin auf dem gelben Blütengrund nicht entfalten. Rettungslos verloren auch Kaiserin Augusta Victoria, eine Schlingrose, deren grünlichweiße Blüten bis spät in den Herbst die Ostwand des Chalets verschönten. Selbst die blütenreichen Zweige der Trauerrose, eine robuste Abart der Blanche Moreau, hatten die Hagelkörner vom schlanken Stamm gerissen. Grotesk ragte ein Teil des Wurzelstocks aus dem Schlamm, der hohe Stamm lehnte am Gartentor, eine zerzauste, müde Königin.

Der stumme Mann vor seinen zerstörten Rosen, das stumme Kind am Fenster der Kammer. Ein Band vom Kind zum stummen Betrachter. Wie Liebe im Haß des Kindes. Spannt den roten Gummi. Ein kleiner Berg grauer Kiesel auf dem Sims. Haben sich vereinzelte Blütenzweige an den kräftigsten Stämmen der Rosen halten können. Große Kräfte sind am Werk, wenn das Kind die Schleuder bedient. Große Kräfte, als der Mann vor der Falbala stehenbleibt, im Lichtkegel der Taschenlampe nach dem Zweig mit der befruchteten Narbe greift. Der Körper des Mannes verwächst mit dem Platz, auf dem er steht, und mit dem Zweig, den kein Hagelkorn getroffen hat. Drei Fixpunkte, aufeinander bezogen, ein Atem, solider Zusammenhang zwischen den Punkten. Daskind fühlt sich nicht ausgespart, nicht jetzt, wenn der Atem ein Atem ist und ums Kind streift, tigersicher im Flug. Der gespannte Arm des Kindes, sanft das Zischen des Steins, ein Gebet im kalten Lächeln des Kindes, abgenabelt vom Leider am Kreuz. Zischt der Stein am Kopf des Mannes vorbei in den Strauch. Flirrt den Zweig mit der befruchteten Narbe aus der Hand des Mannes, schüttelt sich der Mann vor Verwunderung, dreht sich nicht um.

Als Kari Kenel müde zur Eingangstür schlurft, verzerrt schleimiges Dämmerlicht die Nacht. In der Dachkammer steht Daskind noch immer am Fenster. Der Geruch der aufgewühlten Erde liegt in der Luft. Ein süßer, herber Geruch, den Daskind gierig einatmet. Ein Geruch, wie ihn die nassen Flanken eines Raubtiers verbreiten, wenn es durch den Wald gestreift und Blut getrunken hat.

Daskind träumt, daß tief im Gehäuse des Tiers der Stein vom Zweig träumt, der nie mehr blühen wird.

Kellers Kolonialwarenladen lag noch versunken im diesigen Frühlicht, als Kari Kenel unausgeschlafen an der Hausfront vorbeischlich und in Richtung Bahnhof lief. Er begegnete einigen Bauern auf dem Weg zu ihren Feldern und Obstgärten, die sie abschreiten wollten, um den Schaden abzuschätzen, den der Hagelschlag angerichtet hatte. Ein Blitz hatte Schättis alte Buche gespalten, eine häßliche Wunde in den Stamm gebrannt. Die Baumkrone hing verkohlt am Stamm und zeigte wie eine verkrüppelte Hand zur Erde. Schätti stand vor dem Stall und betrachtete bekümmert die jauchedurchtränkten Bretter zu seinen Füßen.

In den Gärten der Nachbarn sah es nicht besser aus als in Kari Kenels Rosenzucht. Von den liebevoll gepflegten Blumenbeeten und Sträuchern war nichts geblieben als ein Haufen kompostierbereiten Abfalls. Salatsetzlinge, junge Kartoffelstauden, Kohlrabi, Lauch und Zwiebeln boten einen jämmerlichen Anblick. Das Gewitter hatte die Gärten in schlammige Friedhöfe verwandelt.

An der Kreuzung verlangsamte Kari Kenel den Schritt. Zu seiner Linken stand das Restaurant *Kreuz* mit seinem Kastaniengarten, den roten Tischen aus Blech, das aus dem Bestand seines Arbeitgebers stammte und dessen Verarbeitung zu Tischen, Gelten und Gartenstühlen von ihm überwacht wurde. Die kräftigen Kastanien schienen kaum gelitten zu haben, obwohl auch Gartentische, Stühle und der Kiesplatz mit abgerissenen Zweigen und Dachpfannen übersät waren. Im Gastraum brannte Licht, bald würde Ruth mit dem Aufräumen beginnen. In ihrer selbstbewußten Art würde sie Ordnung schaffen, zupacken, hieß das im Dorf. Sie würde Ordnung in das Chaos vor dem Gasthaus bringen, wie sie es drinnen tat, wenn bei Feuerwehrfeiern und andern Vereinsanlässen über das Maß getrunken wurde und Ruth, mit prallen, muskulösen Armen, den Betrunkenen kurzerhand auf die Beine stellte und zielsicher zum Ausgang schob. Die Männer gehorchten ohne Murren, anderntags würde Ruth wieder am Stammtisch stehen und lachend die derben Bauernwitze parieren. Ruth, die kräftige, etwas burschikose Ruth hatte ein Talent, Köpfe zurechtzurücken, wenn der Ärger die Bauern übermannte, wenn die Sorgen über ihnen zusammenschlugen. Sie war der feste, zuverlässige Hort, wenn ein Kind starb und die leidgeprüften Eltern, Geschwister und Anverwandten stumm zur Gräbt im hinteren Saal schritten. Daß das Leben weitergehe, tröstete sie dann mit ihrer etwas rauhen, aber warmen Altstimme, und daß ein Baum übers Jahr wieder Früchte tragen könne, wenn's der Herrgott so wolle. Sie war der handliche Trost einsamer Knechte. Manch einer erlebte seine besten Momente in ihr fülliges Fleisch versunken. Als eine Auswärtige, aus dem Süden gekommen, wie man im Dorf behauptete, wobei dieser Süden, ungenau definiert, nur mit einer großen, ausladenden Bewegung in die richtige Richtung angedeutet wurde, genoß sie Rechte, die den einheimischen Mädchen vorenthalten wurden. Jemand mußte sich schließlich der einsamen Männer annehmen, ihre Hitze kühlen, ehe sie mit einer Hiesigen vor den Altar traten und Treue schworen. Obwohl sie sich nie an verheiratete Männer heranmachte, mieden sie die Frauen. Eine, die im Männerfleisch Bescheid weiß, hat einen schweren Stand bei jenen, die beizeiten die Pflicht eingehämmert bekamen, ohne Lust die Beine zu spreizen.

Vorsichtig stieg Kari Kenel über das Messingschild des Restaurants *Schwanen* hinweg, das der

Sturm aus der Halterung gerissen hatte. Verloren lag der kunstvoll gehämmerte Schwan vor der *Rose,* dem gemütlichen, wenn auch etwas verlotterten Restaurant auf der andern Straßenseite, gegenüber dem *Schwanen.* Der Sturm hatte der *Rose* besonders zugesetzt. Auf der Eingangstreppe lag Zero apathisch in den Scherben. Er verweigerte Kari Kenel den Gruß.

Der *Engel,* die letzte Wirtschaft an der Kreuzung, schien den Sturm glimpflich überstanden zu haben. Unbeschadet trompetete der Cherubim über dem Eingang, das kürzlich renovierte Dach war ganz geblieben.

Heute ging Kari Kenel weiter der Dorfstraße entlang, die zum See führte und dort in einen großzügig angelegten Promenadenweg mündete. Eine außergewöhnliche Entscheidung, noch nie hatte er den Zug verpaßt oder war zu spät zur Arbeit erschienen. Doch die Entscheidung entsprach dem außergewöhnlichen Anlaß. Kari Kenel trauerte um seine Rosen, und hierfür erschien ihm der Arbeitsplatz in der Fabrik der denkbar ungeeignetste Ort. Fast wäre Kari über eine tote Katze gestolpert. Sie mußte von einem herabfallenden Ast erschlagen worden sein. Das dreckverkrustete Hinterteil war bereits von den großen Ratten, die nach jedem Gewitter die Seeufer absuchten, angenagt worden. Das Maul weit aufgerissen, lag die Katze im Schlamm, und, als hätte sie der Sturm verhöhnen wollen, ragte zwischen den spitzen Zähnen ein Ahornzweig hervor. In solchen Arrangements versuchte man sich an Festsonntagen erfolgreich im

Schwanen, wenn man den gebratenen Ferkeln zur Verschönerung ganze Äpfel, Lorbeer- und Rosmarinzweige ins Maul steckte. Saftig waren sie dann anzusehen, die geschmückten Tierkadaver, die tote Katze hier, die von den Naturgewalten zerrissene und höhnisch mit einem Ahornzweig versehene Leiche, lud nicht zum Betrachten ein.

Über dem gebeugten Kopf das zerfetzte Blätterdach der Bäume, steuerte Kari Kenel auf eine Bank zu. Mit seinem Taschentuch, das ihm Frieda Kenel jeden Morgen sorgfältig gefaltet in den Hosensack schob, reinigte er die Sitzfläche der Bank.

Vor ihm ausgebreitet lag der See, eine noch immer leise brodelnde, schiefergraue Suppe. Die Dörfer am gegenüberliegenden Ufer schwammen wie Boote auf ständig wechselnden Schwaden schleimigen Lichts. Kari Kenel fühlte einen ihm bislang unbekannten, eiskalten Ekel in sich aufsteigen. Er würde mit der Wiederaufzucht seiner Rosen bald beginnen müssen, sofort, morgen schon, man hatte doch sonst nichts Erfreuliches im Leben, neben der Frau mit den harten Augen, eingepfercht in die Enge des Dorfes, das längst aufgehört hatte, Heimat zu sein. Nichts als die Rosensträucher und das stumme Kind, das nichts vom Heimweh wußte, das Kari zerfraß, und nicht weinte, wenn die Schläge des Mannes und dann die Tränen auf den nackten Kinderhintern niederfielen.

6

Breit steht Bruno Keller im Türrahmen seines Kolonialwarenladens, die feisten Arme über der Brust verschränkt. Gegenüber treibt Gotthold Schätti die gemolkenen Kühe aus dem Stall. Den Stumpen im Maul, beobachtet Keller die Kühe, die zur Umzäunung der Viehweide drängen, rücksichtslos schiebend und stoßend das offene Gatter passieren und, kaum auf der Wiese, zu rupfen und zu kauen beginnen. Ein lichter Augenblick nach einer Nacht, die er, vergeblich um die Gattin buhlend, im nach Schweiß und unbefriedigten Gelüsten stinkenden Bettzeug verbringen mußte. Eine klebrige Schweißschicht bedeckt auch jetzt sein rundes Gesicht mit den dunklen Säcken unter kleinen, bösartig funkelnden Augen.

Während Bruno Keller Nachbars Vieh anglotzt, als ob dort weiß Gott was zu holen sei, sitzt Daskind im Chalet Idaho am Küchentisch, vor sich eine Tasse Milch und ein von Frieda Kenel mit Vierfruchtmarmelade beschmiertes Stück Brot. Daskind kaut, langsam, lustlos. Man ist gefangen, kein Tigertier, mit Augenaugen auf sich gerichtet, die Daskind in eine dicke Eisschicht verpacken können, wenn es sich nicht vorsieht. Die Daskind mit Eisnadeln aufspießen, es mit Eisnägeln ans Kreuz schlagen können wie den Silberleider, der bei jedem Zeitungsraschlen des Kari Kenel neu ans Kreuz genagelt wird, der Immerleider. Daskind sieht sich vor in der Stille, die schwer im Raum liegt. Will nicht einsehen, daß da ein neuer Tag neues Leid bereithält, dem es mit Trotz begegnen muß, will es den Kampf gegen das Eis gewinnen.

Packt Daskind die Einkaufstasche. Mit dem Laufzettel für Kellers. Faucht Kater Fritz wütend. Tritt Daskind zu. Rasch. Unnachgiebig. Kalt. Mit dem Eis aus den Augen der Pflegemutter im Tritt. Verläßt Küche. Haus. Garten. Läßt Versteck Unter Blautanne Hinter Sich Muß Schutz Verlassen. Die Straße. Kellers Laden Jetzt.

Bei Kellers versucht sich Daskind stumm an Bruno Keller vorbei in den Laden zu drängen. An Kellers Bauch vorbei, an der Ausbuchtung der Hose unterhalb des Ledergurts, unterhalb des Bauches vorbei. Geht nicht, Kind zwängt sich vergeblich, muß stehenbleiben vor dem Mann mit dem Bauch und der Ausbuchtung; eingeklemmt zwischen Bauch und Türrahmen, Daskind.

Kann sich nicht mehr bewegen, Daskind.

Hat keine Luft in den Lungen, Daskind.

Wird von Kellers Händen am Türrahmen festgenagelt, Daskind.

Ist ein Schreien im Kind.

Hat einen Zorn, Daskind.

Schreit.

Schreit und trommelt mit den Fäusten auf den Bauch des Mannes.

Schreit sich die Angst weg, den eisernen Ring ums Geschlecht und ums Herz.

Einen irren Sinn im Kopf hat Daskind.

Und einen Willen, nicht unterzugehen.

Einen starken, warmen Haß und ein Wissen

um einen Schrein tief drinnen im Leib, der die Erinnerung birgt.

Als Gotthold Schätti, Daskind im Arm, die Gartentür aufstößt und langsam den Rosenstöcken entlang zur Haustür geht, hat sich Daskind in Sicherheit gebracht. Atmet nicht, Kind Ohnemacht. Hat auf der Straße gelegen, vor Kellers Laden, ein Hergeholtes, Ungeliebtes. Hat auf der Straße gelegen, den schmerzverzerrten Mund dem Himmel dargeboten, die Hände noch immer schützend am Leib. Vorsichtig wird Daskind vom Bauern auf das rote Sofa gebettet, unter den Leider. Wird dem Kind das Gesicht gewaschen, mit einem nassen Lappen Arme und Beine gekühlt. Steht Frieda Kenel starr hinter der Nähmaschine, die Hände im Rücken verschränkt, noch immer das Eis in den Augen. Schaut über Daskind hinweg zur Wand mit dem Leider, darf nicht in die Augen des Bauern und nicht ins Gesicht des Kindes schauen. Der sagt, daß es wohl richtig wäre, den Mächler zu holen.

Nach dem Besuch des Arztes wollen viele, allen voran die Frauen im Dorf, mit Sicherheit wissen, was dem Kind wirklich fehle. Nicht richtig im Kopf sei es, das dem Teufel ab dem Karren gefallene Kind. Haben immer gewußt, daß es mit der Nächstenliebe der Kenels nicht gutgehen kann, wenn das Hergeholte keine Dankbarkeit zeigt. Nicht zeigen will. Stecken die Köpfe zusammen, die Leute im Dorf, verhächeln Daskind auf dem roten Sofa, Daskind mit dem Schrei im Hals.

Hockt mächtig da, die Meute, mit Worten wie Stahlklingen wird Daskind zerlegt, Beutekind ausgenommen. Fliehen nicht vor dem Schrei. Hören ihn nicht. Stahlhart die Häme im Angriff aufs Kind, wildernd im fremden Schlaf.

Das nicht zurückkommen kann. Das nicht zurückkommen will, Daskind. Das die Weiden des Guten Hirten verlassen hat, den mit dem Erzliebling auf den zuverlässigen Schultern. Weidet im Vorhof eines andern, Daskind, hat sich zurückgenommen ins schwarze Gras, das wächst, wo ein Tod ist, kein Licht.

Landarzt Mächler verschreibt stärkende Mittel, die dem Kind auf die Beine helfen sollen. Tätschelt Kind Ohnemacht väterlich die Wangen. Geht mit mahnenden Worten. Daskind brauche Ruhe. Sicherheit. Einen Ort des Vertrauens. Freude. Mächler kämpft gegen die Augen der Frieda an. Gegen das Eis. Ist dann, unter der Tür, auch nur ein Mensch. Es ist ihm nicht leicht ums Herz. Beileibe nicht. Läßt dennoch den Argwohn zurück an der Tür und meldet's übertrieben fröhlich in die Eisaugen der Frau, meldet's den Eisohren der Frau, daß die Pflicht rufe, auch an so einem Tag.

Pfarrer Knobel nimmt Daskind ins Gebet. Daß mit dem Herrgott nicht zu spaßen sei, der für jeden seinen Packen Leid bereithalte, an dem zu tragen der Gesundung diene. Der himmlischen Gesundung. Der Vater im Himmel, oberster Arzt unter den Ärzten, wisse alles. In seiner allmächtigen Weisheit habe er die Schuld des Kindes längst vor jeglicher Zeitrechnung erkannt, die Rechnung jedoch in seiner gütigen Allmacht storniert. Nun gelte es, die Schuld abzutragen, damit es an Christi Herzen dereinst genese. Wehe dem, der sich im Trotz versteife und an Gottes Ratschlüssen zweifle, droht Knobel, auf den warten Höllenqualen. Die Sünde wider den Heiligen Geist kenne keine Vergebung, werde in keinem Feuer geläutert. Wehe den Unglücklichen, Gottes Schwert sei überall, zum Sünder komme das Höllenreich.

Als die Prozession der Mahner endlich vom Kind abläßt, sich mit frommen Worten empfiehlt und Daskind ungetröstet im Eis zurückbleibt, äugt der Frau an der Nähmaschine ein Elend über die Schulter. Das Elend erbarmt sich nicht, übertönt Großergottwirlobendich, will der Frau an den Kragen, läßt sich nicht abschütteln. Ist ein von vielen Nächten gebeuteltes Elend, hat nichts mit Nähermeingottzudir am Hut. Vom Augenblick begünstigt, belagert das Elend die Frau, hungert sie aus, bis der Vorrat aufgebraucht ist, von dem sie zehrt. Bis in den Gebärden der Frau eine Nachgiebigkeit sichtbar wird, äugt's und lauert's, dringt's in den unfruchtbaren Schoß der Frau ein, ins ungeliebte Geschlecht. Bis Frieda Kenel aufsteht. Aufstehen muß. Dem Kind unbeholfen die stärkenden Mittel einträufelt. Es zudeckt. Sich um Daskind kümmert. Kümmern muß. Es mit ungeschickten Händen streichelt.

Aber das Elend duldet kein Vergessen, gibt sich spröde unter der Berührung der Frau. Greift dem löchrigen Sammeltopf Mitgefühl grob auf den Grund, findet in die Lieblosigkeit zurück, kehrt sich von allem Trösten ab.

Selbst ein Seelenarzt hatte kein Glück beim Kind. Bockig saß es ein paar Tage später dem Mann gegenüber, der helfen wollte. Zeichnete auf Geheiß einen Baum, der von dem Fremden mit verächtlichem Lachen zurückgewiesen wurde. Das sei kein Baum, das sei eine Tanne, er habe einen Laubbaum gewollt. Verwirrung hielt Daskind gefangen, für das die Tanne ein Baum war. Bis jetzt. Die Tannen mitten im Nimmerwald, die in den Himmel wuchsen, um ab und zu einen Glanz auf den Flügeln der verwunschenen Feen zu erhaschen. Das Versteck unter der Blautanne in Kari Kenels Garten. Die würzige Stille unter den bis auf den Boden herabhängenden Zweigen. Hat sich Daskind nicht ausgekannt in den Bäumen, und diese im Kind?

Daskind machte einen zweiten Versuch, zeichnete die Eibe auf dem Friedhof. Eifrig bemüht, das Richtige zu tun. Dem Doktor zu Willen zu sein.

Daskind, das zu oft geschlagen wurde, machte keinen Versuch, der Ohrfeige auszuweichen. Seieinbravesmädchen war ganz rot im Gesicht. Zornentbrannt. Mordlust in den Fäusten.

Nahm Daskind einen dritten Anlauf, zeichnete einen Baum ohne Nadeln und Laub, gab ihm keine Wurzeln, keinen Wipfel, ließ nur den Baumstamm gelten, den nackten. Verstocktes Kind.

Der Arzt beorderte Daskind ins Wartezimmer, rief nach der Frau.

Da stand Daskind vor dem Bild mit der Feuergarbe im Feld. Wildrote Flammen hechelten mit Wildhundzungen zum Himmel. Daskind sah, daß auch er brannte, daß die Welt brannte. Daskind, eingeschlossen im Weh, das so ein Brand bewirkt, suchte mit aufgerissenen Augen nach einem Ausweg, nach einer Spalte, die groß genug wäre, es zu bergen.

Dann lag Daskind auf einem Bett, Hände und Füße an die Bettpfosten gefesselt. Tief schnitten die Lederriemen ins Fleisch, Daskind spürte es nicht, stierte mit nackten Augen ins Nichts. Hatte einen Traum im Gehirn, einen Traum vom schwarzen Gott, der alle holen würde. Zermalmen, träumte Daskind, das Schicksal zu seinen Gunsten wenden würde er und ihm gestatten, die Erde allein zu bewohnen.

7

Als die Pfarrkirche aus Anlaß der Restaurierung auch einen restaurierten Schutzheiligen bekam, der heller glänzte als der alte und, so schien es jedenfalls den Betrachtern, Beelzebub noch mutiger bekämpfte, organisierte das Dorf ein Fest. Von überall her kam das Volk, Gläubige und Ungläubige, um den heiligen Michael bei Gebeten, Bier und Würsten zu feiern. Kräftige Männer trugen den Bannerträger Gottes auf einer Lade durch die Straßen, hell glänzte das aufgefrischte Gold auf den weit ausladenden Flügeln des Erzengels, auf dem heiligen Schwert Gottes brach sich das Licht der Frühsommersonne und löste sich in eine Vielzahl tanzender Farbpartikelchen auf. Das Schwert selbst schien zu tanzen, schien tänzelnd seinen Weg zu suchen, hinab in die Eingeweide Luzifers, des von Gott Abgefallenen, der sich, künstlich mit Grünspan überzogen, gar jämmerlich verteidigte und vergeblich das Maul aufriß, um den obersten Himmelsstreiter zu verschlingen. Das Volk jubelte seinem Schutzpatron zu, Schulkinder streuten Wiesenblumen: Margeriten, Wegwarte, Johanniskraut und Ringelblumen.

Nach einem feierlichen Hochamt und der offiziellen Einweihung der Kirche durch den Bischof ging man zu den weltlichen Freuden über. Vom Dröhnen der Michaelsglocke begleitet, machte sich das Volk über die Tische her, besetzte die Holzbänke und Stühle, die den Kirchplatz füllten. Bald ging das verordnete fromme Jubilate in ein bierseliges Lachen und Johlen über. Die Härchler nutzten jede Gelegenheit, um sich ausgiebig zu betrinken. Während der Fastnachtszeit gab es keine Wirtschaft in der Harch, die nicht von Schlägereien und Randalen zu berichten wußte. Hinter Masken und Hexenfratzen tobten sich Genußsucht und Streitlust aus. Man hieb mit Säublattern aufeinander ein, schlug sich mit hölzernen, dem Morgenstern ähnlichen Knüppeln die Schädel blutig. Vor allem aber soff einer den anderen unter den Tisch, um hinterher, grölend und torkelnd, irgendein Hundsloch aufzusuchen, wo sich der gewaltige Fastnachtsrausch ausschlafen ließ. In der Harch war die Fastnacht Männersache, ein archaischer Trieb schletzte die Männer in Horden durch die Straßen und Kneipen, bis nichts mehr ganz blieb. Das bekamen auch die Frauen zu spüren, wenn sie sich, angeekelt vom wilden Treiben, nicht hingeben wollten. Da wurde nicht lange gefackelt, die Frau mit Gewalt aufs Kreuz gelegt und grob genommen. An der Fastnacht lernten sie die Männer erst richtig kennen, die fremden und die eigenen, denn beim Kopulieren war man nicht wählerisch, auch des Nächsten Weib genoß an diesen Tagen keine Schonzeit. Es schwängerte der Nachbar des Nachbarn Weib ebenso, wie er sich an der eigenen Frau, den Mägden oder an halbwüchsigen Mädchen verging. Hinter den holzgeschnitzten Masken hoben sich die Gesetze auf, der Alkohol riß alle Dämme nieder. Da nützte keine Predigt, kein gutgemeinter Aufruf der Gemeindebehörden, Fastnacht ist Fastnacht, dachten sich die Härchler, man könne danach noch immer die Scherben wegkehren.

Auch die Kinder wurden von dem groben Treiben nicht verschont. Durch ihre Träume geisterten noch lange, nachdem die Fastnacht von der Fastenzeit abgelöst worden war und das Dorf der Erlösung durch den Auferstandenen entgegenharrte, Hexen, Gnome und Trolle.

Das Einweihungsfest gelangte erst zur vollen Reife, nachdem der Bischof, den Dorfpfarrer im Schlepptau, seine Kinder im Herrn verließ. Dabei tat sich der Gräbertoni besonders hervor. Mit wuchtigen Faustschlägen auf die Tischplatte begleitete er seine obszönen Lieder, bis Jakob Gingg dem Treiben Einhalt gebot. Das hätte er lieber nicht tun sollen, der Sigrist, das nicht, denn einem besoffenen Gräbertoni, nüchtern eine Seele von Mensch, ist in diesem Zustand nicht beizukommen. Mit der bedächtigen Langsamkeit eines Ochsen glotzt der dem Freund ins Gesicht. Von tiefer Empörung durchdrungen, stemmt der Totengräber seinen massigen Körper aus der Bank, pflanzt sich vor dem Sigristen auf. Rasch will Gingg beschwichtigen, streckt die Hand nach der Schulter des Freundes aus, um ihn zu beruhigen. Zu spät. Toni, im Suff die Geste des andern falsch einschätzend, sie als Angriff taxierend, holt aus, plaziert einen rechten Schwinger auf dem Kinn des Unglücklichen, daß es kracht. Als fege ein Sturm durch lotteriges Gebälk, knirschen dem Taumelnden die Knochen unter der geplatzten Haut, bricht die Architektur des Gesichts ein, ehe Jakob Gingg in die Knie geht, lang hinfällt und den Geist vorübergehend seinem Gott empfiehlt.

Einen kurzen Augenblick lang hält der Schreck die Feiernden im Griff, vom Saufen trüb gewordene Augen glotzen den Gräbertoni an. Verloren hängen die Grabschauflerhände am Tonikörper, als wüßte der gute Toni nicht, wie ihm geschehen ist. Schwer lastet die Mittagsstille über der Versammlung. Bis ein Grollen die Luft zerreißt und die Festgemeinde von der Spannung befreit. Es ist Gotthold Schätti, der eine Schlägerei auslöst, die in der Kirchengeschichte ihresgleichen sucht. Durch den jämmerlichen Anblick Jakob Ginggs geradezu zur Rache verpflichtet, schlägt er seinerseits den Ochsner Toni nieder, bis, angestachelt vom fließenden Blut, des Schulwarts Fäuste auf den Bedauernswerten niederprasseln. Von da an gehorcht die Prügelei ihren eigenen Gesetzen. Während die Frauen kreischend das Weite suchen, fällt Mann über Mann her, sogar der Ordnungshüter schlägt drein, was das Zeug hält. Ein Durcheinander von schwitzenden, nach Kuhdung, Brissago, Stumpen und Schweinestall stinkenden Körpern ergießt sich über den Kirchplatz, Stöhnen, Flüche und Schmerzensschreie wetteifern mit dem plötzlich einsetzenden Dröhnen aller drei Kirchenglocken. Ihren Einsatz verdankten die Glocken dem Sigristen Gingg, der sich aufgerappelt hatte und schmerzgepeinigt die

Empore erklomm. Von heiligem Zorn beflügelt hängte er sich in die Seile, bis die Glockenklänge mächtig über den Kirchplatz schallten.

Da endlich besinnen sich Herren und Knechte. Benommen weicht einer des andern Blick aus, stumm gehen sie auseinander, um sich daheim die blutenden Wunden vom angetrauten Weib verbinden zu lassen.

Die unfromme Prügelei hatte ein Nachspiel. Ortsfremde Polizisten, im Dorf immer ungern gesehen, knöpften sich noch am selben Tag Mann um Mann vor, die jedoch einmütig schwiegen. Nur den Toni, von Reue gequält, trieb es unaufgefordert vor den Kadi, er wollte sein Gewissen erleichtern. Er habe doch dem Sigristen Gingg, der sein zuverlässiger Partner sei, zumindest, was Begräbnisse betreffe, nichts anhaben wollen, er wisse selbst nicht, was über ihn gekommen, welcher Teufel in seine Fäuste gefahren sei.

Nach einem kurzen Aufenthalt im Bezirksgefängnis und einer im Spital zelebrierten Versöhnung blieb Toni nur noch, auch die Strafe der Kirche zu tragen. Pfarrer Knobel verdonnerte den Reuigen zu zwanzig Rosenkränzen, die jedoch nicht etwa vor der Mutter Gottes in der Pfarrkirche zu beten seien, sondern im Beinhaus, wo es Toni nun gar nicht hinzog.

Das Beinhaus klebte wie ein lästiges Insekt an der Rückseite der Pfarrkirche. Über dem reich verzierten, verfallenen Portal drohte ein furchterregendes Jüngstes Gericht dem verstockten Sünder mit ewigen Höllenqualen. Mit einem furchtbaren Richterauge, das andere hatte die Zeit zerstört, schickte der Allmächtige die Verdammten in die Flammen zurück, denen sie verzweifelt zu entkommen suchten. Erbarmungswürdig ihr Flehen, ihre zum Himmel gereckten Hände, ihre nackten, geschundenen Körper, ihre von Angst und Grauen zerfressenen Gesichter.

Den Verdammten gegenüber mit leuchtenden, einfältigen Gesichtern die Seligen. Von übergewichtigen Engeln begleitet, strebten sie dem Himmel zu, einem einst azurblauen, doch vom Zahn der Zeit ins Schmutziggraue geschliffenen Vakuum, das den wallenden Bart und das strähnige Haupthaar Gottvaters wie eine Aura umgab. Gottvaters unversöhnlichem Blick auf die Verdammten dieser Erde ungeachtet, brachten die seligen Frauen ihre schwellenden Brüste, ihre unverhüllte Wollust, ihr Begehren dem einen himmlischen Bräutigam dar. Ihre Jungfrauengesichter ließen noch immer das Karminrot erahnen, mit dem der Künstler ihre Wangen bemalt hatte. Und wie zum Hohn war die Farbe ihrer luftigen Bekleidung, die sie als Lohn für ihre frommen Bemühungen, im Gegensatz zu den Unglücklichen am andern Bildrand, tragen durften, abgeblättert, so daß sie nackter schienen als die zur Nacktheit verdammten Höllenbewohner.

Der Boden des überwölbten Innenraums bestand aus grobbehauenen Kalksteinquadern. Ein schwerer Eisenring war in eine der Platten eingelassen, so daß man sie mit etwas Anstrengung heben und zur Seite schieben konnte. Eine Holzleiter erleichterte den Abstieg in den Totenkerker, den jedoch Toni, eine Taschenlampe zwischen den Zähnen, jeweils mit einem gewagten Sprung in die Dunkelheit hinter sich brachte. Je mehr Mut man zeige, meinte er, um so weniger könnten die da unten einem etwas anhaben. Dort lagen sie, die Gebeine der Toten, von Toni aus ihren Gräbern geschaufelt, nun säuberlich zu Knochenbündeln verschnürt. Weiß wie die Seelen der Seligen blinkten sie dem Betrachter entgegen, geheimnisvoll verwiesen sie auf die Vergänglichkeit aller Gelüste nach Ruhm und Bestand. Der Ort war ungeeignet, Lebensfreude zu verbreiten. Trotzdem zog es die Nachkommen der Verblichenen immer wieder hierher, um ihrer Toten zu gedenken, sie gnädig zu stimmen, auf daß sie nicht als Widergänger die Lebenden heimsuchten. Toni verfluchte den Pfarrer und seine Vorliebe für makabre Bußhandlungen, die ihn zwang, im Beinhaus zwanzig Rosenkränze zu beten. Wieder nüchtern, schien es ihm, daß ein Gott so viel Rache nicht ersinnen könne, der gleichzeitig als der Allgütige angebetet und verehrt werden wollte. Die schwarzen Holzperlen des Rosenkranzes durch die schwieligen Hände gleiten lassend, streifte ihn trotz allem ein Hauch jener Kälte, die Gottes Rache, laut Pfarrer Knobel, unmißverständlich ankündige. Man war ja nicht unempfindlich für die düsteren Geheimnisse der Heimsuchungen, die Gott auch für einen wie Toni bereithielt, sollte er nicht gehorchen. Also ergab sich der Totengräber ins Schicksal und leierte eifrig die Rosenkränze herunter.

8

Sorgfältig schiebt Daskind die Vorhaut des Penis nach hinten. Eine winzige rosarote Eichel wird sichtbar. Schiebt mehrmals, daß es den Buben schmerzt. Ist der Wille zur Tat ein Fest, jubelt Daskind, das sich, den Buben mit sich zerrend, am frühen Morgen ins Beinhaus geschlichen, den schweren Riegel vorgeschoben hat, damit keiner es störe. Mußte die wild wedelnden Bubenhände außer Gefecht setzen, sie mit einer mitgebrachten Packschnur an den eisernen Ring fesseln. Hat dann den Buben, der anfänglich an ein freudiges Abenteuer glaubte, mit einem soliden Stück Holz geknebelt, das Holz in den Bubenmund gestopft und Kari Kenels Taschentuch um den Bubenkopf gebunden. Am Hinterkopf fest verknotet. Die Beine des Buben zucken hilflos unterm Gewicht des Kindes, das sich rittlings auf sein Opfer gesetzt hat. Daskind jetzt kaltblütig. Hat die Bubenhose bis zu den Knien heruntergezerrt, mit den Hosenträgern dem Buben die Beine gefesselt. Hilflos regt sich das kleine Ding, gleitet, sich langsam aufbäumend, der Kerbe zwischen Rumpf und Schenkel entlang über den Bauch, markiert wandernd ein Halbrund in die Luft. Schnellt dann zuckend in die Höhe, ragt auf, ein kleiner Pfahl am Leib des Buben, der sich nicht wehrt. Nicht wehren kann. Gefesselt Gewalt erleiden muß. Mit aufgerissenen Augen Daskind anstarrt.

Ist zu allem entschlossen, Daskind. Hat eine

Rechnung zu begleichen. Vorige Woche sind sie zu dritt übers Kind hergefallen, drüben, in Schättis Stall. Unter der Anleitung des Pensionisten. Haben gewissenhaft zugehört, die drei Buben, haben Daskind mit Knebeln in den Bubenfäusten geschändet, wie er es gemacht haben wollte, Derpensionist. Um euch an die Mannesfreuden zu gewöhnen. Um zu lernen, wie man sich holt, was einem zusteht. Schoß ihnen das Blut in die wachsenden Schwänze. Auch dem Ambachbuben. Ihr kleinen Dreckfinken, drohte lachend Derpensionist, daß ihr mir eure ungewaschenen Mäuler haltet. Sonst fault euch euer Allerliebstes ab, ihr Stinkwichser. Die Buben, in die Welt der Erwachsenen geschleudert, klopften sich stolz auf die schmächtigen Schenkel. Daskind betrachtet angewidert die Hand, die vorher die Vorhaut über die rosige Peniskuppe nach hinten stülpte, sie einen Augenblick festhielt, sie wieder vorrobben ließ. Allein mit sich und dem Angstgeruch des Opfers. Im vorher müde zerschrieenen Zorn ist etwas Unerbittliches. Etwas Kaltes. Ein eisiger Wind.

Daskind holt aus, läßt die kurze, aus Spülketten gebastelte Peitsche durch die Luft sausen. Hält über dem Buben inne. Entblößt die Zähne, lacht. Holt wieder aus, testet die Kraft im Arm, zieht ihn zurück, holt um so grausamer wieder aus. Aber nur zum vermeintlichen Schlag. Probeweise, aus Spaß an der Angst des Buben. Schlägt endlich zu.

Auf dem weißen Bubenbauch entsteht ein rotes Muster. Die ovalen Kettenglieder reißen die Haut auf, lecken am Fleisch, streichen mit einem schleifenden Geräusch fast zärtlich über die Schenkel, über den winzigen, schlaffen Pfahl. Der Bub bettelt mit schlierigen Augen, mit Tieraugen, mit Wildaugen, Beuteaugen, Opferaugen um Gnade. Handaufsherzaugen, wenn du von mir läßt, geb' ich dir drei Wünsche frei für dein Leben. Aber Jägerkind läßt nicht von ihm. Hat sich seit langem vom Wünschen getrennt. Schlägt weiter zu. Mit dieser kalten Wut. Sucht mit der Wünschelrute nach dem Lebenssaft des Buben. Will Labung. Endlich. Und mehr.

Verkotet der Bub den Quaderstein über dem Totenkerker. Fließt über die Steine, der Kot, versickert in den Ritzen, grad so wie die Angst in den Ritzen der Ohnmacht. Aber das kann ein Jägerkind nicht aufhalten, nicht die Hand mit der Kettenpeitsche. Hält des Kindes Peitsche schwarze Hochzeit mit dem roten, aufgerissenen Fleisch des Buben. Das Jägergesicht starr jetzt, und die Augen durchsichtig. Das verlotterte Gemüt im Ansturm auf den Haufen Not in seinen Fängen. Der bietet Daskind die Stirn, der Not, der will es die Stirn bieten, bis der Arm erlahmt, mit dem letzten Schlag.

Läßt den Haufen Not zurück, die um Gnade winselnden Augen. Zurück auf dem Kalksteinquader, der den Eintritt zur Schädelstätte versperrt. DasduduweißtschondasnächsteMalteilichdenTodaus im Blick. Hohnworte im Schritt, beim Hinausschleichen Hohnworte, die über den Buben herfallen, ihm die Ohren zerreißen, bis er nicht mehr unterscheiden kann zwischen Schrei und

Schrei, dem stummen Schrei der Jägerin und dem eigenen, durch Tuch und Knebel gehemmten.

Versteckt Daskind die Peitsche unter dem Kleid, schleicht sich durchs Dorf, das die Jägerin wie immer aussperrt, es als ein Nichts dem Wertlosen zuteilt. Wertlos wie alle andern Kinder, die Daskind auch ist. Kind Ohnenamen. Wie verwilderte Katzen, rachitische Lämmer, streunende Hunde. Schleicht sich Daskind in die Kammer unterm Dach, von einer plötzlichen Verzweiflung erfaßt, vergräbt Daskind den Kopf im Kissen, reibt sich am Bettzeug die blutigen Hände sauber.

Den Buben findet anderntags Jakob Gingg. Seine Wangen flecken fiebrig, als er den Haufen Not im Beinhaus entdeckt. Rasch entledigt er sich des Blumenstraußes, nimmt sich des gemarterten Buben an, streicht ihm mit vorsichtigen Händen tröstend übers Gesicht. Das hat er noch nie gesehen, der Jakob Gingg: ein Bub, an Händen und Füßen gefesselt, mit einem rohen Knebel im Mund und dem Taschentuch um den Kopf, blutverkrustet. Eilig löst der Sigrist die Fesseln, zieht dem Buben die Hose übers Gesäß. Trotz des Bluts. Muß den Ambach benachrichtigen. Der jetzt, bereits in der vierten Generation, den Hof der Mächlerin bewirtschaftet. Dem der Bub gehört. Der einen Tag und eine Nacht nach dem Buben gesucht hat. Der Bub liegt jetzt dem Sigristen im Arm. Einen Irrsinn in den Augen, der nie mehr verschwinden wird.

Bedächtig faltete der Sigrist das rotweißkarierte Taschentuch zusammen und steckte es in die Jackentasche seines schwarzen Anzugs. Er wußte, aus welchem Haushalt der währschafte Stoff stammte, der den Buben am Schreien gehindert hatte.

Der Bub wird immer seltsamer, sagten später die Leute im Dorf, und daß man die Bestie finden werde, wenn nicht heute, dann morgen. Der entgehe der Gerechtigkeit nicht, der Unhold, der den jüngsten Ambachbuben so übel zugerichtet habe. Den werde man lehren, unschuldige Buben zugrunde zu richten. Der Sigrist wußte Bescheid. Doch er schwieg trotz der Gewissensqualen, die ihn zerfraßen. Die wollte er dem Kari später antun, diese Schmach, in aller Leute Mund zu sein. Dem Kari und der Frieda, den beiden Eisheiligen. Sind noch nicht genug geschlagen, mit dem stummen Kind. Haben ihn verdient, den Wechselbalg, den kein Gebet aus dem Weg schafft, keine fromme Inbrunst aus der Dorfgemeinschaft entfernt.

Fühlt sich zu Höherem berufen, Jakob Gingg. Weiß als einziger um die Herkunft des Kindes. Will sich als rächender Arm Gottes, wenn die Zeit reif ist, des Kindes annehmen, mit dem das Dorf seine Not hat. Ein für allemal Ordnung schaffen. Fühlt einen kleinen Kitzel beim Gedanken an Kari Kenels Taschentuch. Dem wird er's heimzahlen, dem Kari, mit dem Taschentuch winken, wenn die Zeit reif ist. Kann ein niederträchtiges Lächeln nicht unterdrücken. Hat alles Handeln seine Zeit. Hat den Irrsinn des Buben zum Verbündeten. Ambachs Jüngster, der seit jenem Tag nur noch lallen kann. Der immer seltsamer wird. Den die Angst im Würgegriff hält.

Dem Ambach traute bald keiner mehr über den Weg. Ein Zorn schien an ihm zu fressen, ein wildes Tier, das jeden anfallen konnte. Ambach verdächtigte alle im Dorf, sich an seinem Sohn vergangen zu haben. So sehr ihn die Nachbarn zu beschwichtigen suchten, Ambachs Blick in ihre Gesichter, sein ohnmächtiger Zorn, errichteten eine Mauer um den Unglücklichen, den man, den irren Sohn an der Hand, oft einsam über die Felder gehen sah. Das Mitleid wich bald unfreundlicheren Betrachtungen. Da die Suche nach dem Kinderschänder erfolglos blieb, mußte eine böse Macht mit im Spiel sein. Mit langen Blicken betrachtete das Dorf den abgelegenen Hof, wo die Mächlerin noch immer ihr Unwesen zu treiben schien. Die mußte es gewesen sein. Weshalb sonst wurden weder Dörfler noch Polizisten fündig. Der Hof hatte seinen schwarzen Geist zurück, fortan hatte man auf der Hut zu sein, hatte man genau hinzuschauen, wie's dort oben zuging.

Im Herbst jenes Jahres wurde der Ambach das Vieh nicht los. Finster strichen die Bauern um seine kraftstrotzenden Kühe. Mißtrauisch beäugten sie den prächtigen, schwarzglänzenden Stier. Solch gutgenährtes, ungewöhnlich schönes Vieh konnte ebensogut das Werk der Mächlerin sein wie der Frevel am Buben. Es war ratsam, sich dieses Vieh nicht in den Stall zu holen, wollte man die Mächlerin nicht noch mehr erzürnen. Das könne man sich nicht leisten, einen verfluchten Stall, man werde sich das Unglück nicht übermütig ins Haus holen, gleich welcher Tarnung es sich bediene.

Man wisse zwar, daß der Ambach schwer am Schicksal trage, aber Vorsicht sei nun einmal geboten, wenn die Mächlerin die Hand im Spiel habe.

So trottete Ambach unverrichteter Dinge seinem verfluchten Hof zu, wo die Frau mit elenden Augen im Türrahmen stand. Sie hatte es immer gewußt, daß dem Hof über kurz oder lang kein Glück beschieden sein würde. Die Todsünde der Mächler Olga verlange eben ihren Preis. Vorerst wollte es die Bäuerin mit geweihten Kerzen versuchen, überall Kerzen hinstellen wollte sie, zu Ehren der Heiligen Mutter Gottes. Den Jüngsten an sich drückend, überschlug sie den Schaden. Es würde kaum fürs Nötigste reichen, rechnete sie, nicht fürs Vieh und nicht für die Kinder, man werde schauen müssen, wie der Winter zu überstehen sei.

Nachts nahm der Ambachbauer die Frau mit dem Glauben an die Mutter Maria. Verzweifelt robbte er in ihr weiches Fleisch, wollte nur eines, Schutz vor der Zeit, die sich gegen ihn verschworen hatte. An der Tür stand der Bub, gaffte durch den Spalt, sah mit verschreckten Augen, wie der Vater auf der Mutter lag und zu den heftigen Stößen in ein heiseres Schluchzen ausbrach.

9

Das Gebrüll erstarb so plötzlich, wie es, nach einer Schrecksekunde bleierner Stille, durch die Fabrikhalle gedrungen war. Vielleicht hätte es immer im Dunkeln leben sollen, denkt Daskind, das den Daumen, den Zeigefinger und den Ringfinger der rechten Hand des schreienden, dann verstummten Arbeiters auf den Zementboden fallen sah. Der dem Kind zulächelte und dabei die für die Arbeit an der Blechschneidemaschine notwendige Vorsicht vergaß. Vielleicht hätte es den Augen verbieten sollen, das Erstaunen in den Augen des Verletzten zu sehen, ehe er schrie, dann verstummte und sich wie eine Marionette mit einer langsamen, stillen Bewegung zu Boden gleiten ließ. In kurzen Stößen floß das Blut, sammelte sich zu einem scharlachroten See um den Mann, dessen eben noch lächelndes Gesicht fahl wurde, der jetzt mit geschlossenen Augen dalag, stumm, gekrümmt wie ein Ungeborenes im Mutterleib.

An diesem Sonntagmorgen hatte Kari Kenel Daskind bei der Hand genommen, war mit ihm zum Bahnhof gegangen und in den Zug gestiegen, den er jeden Morgen nahm, um zur Arbeit zu fahren. Er mußte die Sonntagsschicht beaufsichtigen, die in Sonderproduktion eine Serie verschieden großer Wannen für das Bezirksspital anfertigte. Es war einer jener Sonntage, an denen man die Vögel besonders fröhlich zwitschern zu hören meint, der Himmel wölbte sich in einem gleichmäßigen, etwas milchigen Blau über der Landschaft. Als der Zug einfuhr, empfing die beiden ein Blasorchester, das sich auf dem Perron zum Jahresausflug eingefunden hatte. Kari Kenel, mit seiner von Enttäuschungen vergifteten Vergangenheit, brachten auch die schmetternden Trompetentöne von *Ich hatt' einen Kameraden* keinen Sonntagsfrieden. Daskind aber schwang sich auf den Rücken eines roten Milans und träumte. Hopste, als müßte es sich trotz der sommerlichen Hitze warm halten, unruhig auf der Stelle, tanzte zu den Klängen der Bläser mit nichts als sich zum Gefährten. Nahm sich vor, mit den Träumen aus Schwarz und Schmerz keine Nachsicht mehr zu haben.

Der Weg vom Bahnhof zur Fabrik führte an einer Wildrosenhecke vorbei, die Kari Kenel seinen geheimen Garten nannte. Hundsrosen, deren Duft besonders schwer und süß in der Luft schwebte, wenn sich ein Gewitter ankündigte. Sie nutzte Kari Kenel für die Veredlung seiner eigenen Pflanzen, obwohl unter Züchtern das Ansehen dieser bescheidenen, aber lieblichen Rose gelitten hatte, seit man über einfachere und erfolgreichere Methoden verfügte.

An solchen Tagen fühlte sich Daskind beinahe sicher. Ein Stück des fett und wächsern an der Seele haftenden Zorns hatte sich aufgelöst, ließ ihm ein Fenster zur Welt. Daskind fühlte Boden unter den Füßen. Aus den Augenwinkeln betrachtet es die schwere, an diesem klaren Morgen verläßlich wirkende Gestalt des Pflegevaters, probiert ein Gefühl aus, das Vertrauen heißen könnte.

Weltvertrauen. Der Versuch gelingt nicht ganz, doch Daskind läßt sich nicht beirren. Es weiß, daß jeden Tag ein neues Ich aufkeimen kann, während ein anderes stirbt. Wie die Hundsrosen am Weg, einige erblühen, andere sterben ab. Daskind kennt sich da aus. Im Sterben. Im Sterben vor allem.

Aber manchmal geschieht's, daß Daskind ohne Netz auf dem Seil tanzt. Daß es die gebotene Vorsicht vergißt. Dann kann auch ein Morgen wie dieser zur Katastrophe werden, wenn Daskind nicht aufpaßt, die Zeichen übersieht, die jene Dinge ankündigen, von denen Daskind wissen müßte, daß sie jederzeit in sein Leben einbrechen, es in die kälteste Finsternis stoßen können. Daskind im papierdünnen Gewand.

Die Fabrikhalle vibriert vom Lärm der Maschinen. Von den Sägeblättern wirbelt Metallstaub auf, ein metallisch süßer, heißer Geruch dringt in die Lungen. Die Maschinen werden von Männern in blauen Überkleidern bedient. Der Staub überzieht ihre Gesichter. Sie sehen aus, als trügen sie silbern glänzende Masken. Ihre Augen hinter den gelben Brillen sind nicht zu sehen. Vorsichtig gleiten die Hände den Sägeblättern entlang, sie führen die großen, flachen Blechstücke mit fließenden Bewegungen über den Tisch. Die Sonne dringt durch die Fensterfront in die Halle, staubige Lichtbahnen ziehen durch den Raum. Das Kreischen der Maschinen zerreißt dem Kind fast das Trommelfell. Trödelt einer der Arbeiter, geht das Schrillen seiner Maschine in ein stotterndes Gewimmer über, das bald darauf mit einem miauenden Klagelaut erstirbt.

Nachdem der Mann dem Kind zugelächelt hat und die drei Finger seiner rechten Hand über den Zementboden gerollt sind, greift das Sägeblatt ins Leere, ehe der Klagelaut erstirbt. Wie auf ein verabredetes Zeichen verstummen auch die andern Maschinen, starren zwölf Augenpaare Daskind an, nicht den verletzten Mann. Bis einer der Arbeiter aufspringt, mit schweren Schritten die Halle durchquert, sich zum Ohnmächtigen hinunterbeugt, den Sirenenknopf bedient und hilflos stammelnd nach Kari Kenels Händen greift, als könne der das Unglück ungeschehen machen. Aber das kann Kari Kenel nicht, nicht er und kein anderer, nicht dieses Unglück, das vom Kind heraufbeschworene. Ein verstörter Ausdruck in den Augen des Pflegevaters, der sich rasch in Zorn verwandelt. Dann eine Bewegung, fast spielerisch. Daskind wirbelt durch die Luft, stürzt in wattige Nacht.

Da sitzt ihnen der Schrecken doppelt in den Gliedern, den Arbeitern. Erst der verletzte Mann, dann Daskind, das, die Arme schützend um den Kopf geschlungen, zwischen den Blechstücken liegt. Einer streicht dem Kind mit der Hand über die Stirn, dem Kind, das durch eine Nacht treibt, die kein Ende nimmt. Daskind träumt, daß es ganz und gar bei Gott ist, oder beim Satan, man kann das nie recht auseinanderhalten in der Nacht, die kein Ende nimmt. Beißt sich die Zunge wund, um nicht zu schreien. Hat einen roten Geschmack von zersägtem Blech auf der Zunge. Einen Essiggeschmack, saugt sich daran fest.

Kari Kenel wußte nicht, wie ihm geschah. Diese ohnmächtige Wut hatte er noch nie gefühlt, hatte nicht gewußt, daß ein Mordbube auch in ihm steckt. Nun hingen ihm die Arme wie große Schinken am Körper. Das hatte Daskind aus ihm gemacht, dieser hergeholte, stumme Balg, zu dem er keinen Zugang fand, an das er trotz allem gefesselt blieb. In Idaho hatte er vor langer Zeit ein zusammengewachsenes Paar gesehen. Von der Taille bis zu den Füßen waren die beiden unzertrennlich, sie bewegten sich zusammen auf drei Beinen. Gut aufeinander eingespielt, überwanden sie die täglichen Schwierigkeiten, die eine solchermaßen aufgezwungene Gemeinschaft mit sich brachte. Aber Kari Kenel erinnerte sich an den sehnsüchtigen Blick des einen Zwillings, wenn er sich nach der Vorstellung um den Bruchteil einer Sekunde später verbeugte als der andere. Sehnsucht und ein verzweifelter Haß lag in dem scheinbar freundlichen Gesicht. Einmal hatte sich Kari vorgedrängt, hatte die groteske Vorstellung des Zwillingspaars ganz nah auf sich einwirken lassen. Während die beiden auf drei Beinen über die Bühne steppten, traf ihn plötzlich ein Blick, der mörderischer nicht hätte sein können. Zu den Klängen einer Harmonika schrie sich der Verkrüppelte seinen Haß von der Seele, Kari Kenel konnte den Haß riechen, den Haß und die Not. Es war, als würde auf der Bühne Gott in den Boden gestampft, dieser unbegreifliche, sonderbare Gott, der einige mit Schönheit segnete und andere an Leib und Seele verkrüppelte. So erging es ihm oft beim Kind, daß er eine ohnmächtige, verzweifelte Wut spürte, die Sehnsucht, sich des Zwillings zu entledigen. Diese Sehnsucht war durch nichts zu besänftigen, auch nicht durch die Tränen, die er, über das nackte Gesäß des Kindes gebeugt, weinte, wenn er zuschlug. Die Sehnsucht war ein scharfer Luftzug im Gehirn, der alle andern Gefühle auf einen Haufen zusammenfegte, bis es einsam wurde im Kopf vor Kälte. Der Kälte folgte die Wut, eine Wut, an der er jetzt fast erstickte. Sie war anders beschaffen als alle Gefühle, die er kannte. Sie pflügte sich durch den Körper in die Fäuste, Kari Kenel konnte die Gelenke knacken hören, bevor er blitzschnell zum Schlag ausholte. Er war auf eine anstößige Weise in dieser Wut gefangen und fühlte gleichzeitig, daß er sich mit jedem Atemzug selbst verwundete, daß Daskind, weit von ihm entfernt, an andern Orten durch eine andere Nacht schwamm, er würde nicht mithalten können, nie würde er mithalten können mit dem Kind, das ihm so fremd geblieben war.

Es gab Zeiten, da hatte Kari Kenel Grund zur Hoffnung gehabt. Ärzte hatten Daskind untersucht und behauptet, es sei nicht wirklich stumm, es sei, im Gegenteil, sehr wohl imstande, seinem Alter entsprechend zu reden. Das war kurz nachdem Kari Kenel darauf bestanden hatte, Daskind zu sich nach Hause zu holen. Ermutigt durch die

Ärzte, setzte sich Kari Kenel mit dem Kind in die Besenkammer, wo ein großer Stapel alter Zeitungen aufgeschichtet lag. Geduldig reihte er Buchstaben um Buchstaben zu einfachen Wörtern aneinander, bald war der Riemenboden mit ausgeschnittenen Buchstaben übersät. Aber Daskind schaute verstört auf die Wörter, als wären sie gefräßige Tiere, die jederzeit nach ihm schnappen konnten. Kari Kenel bemühte sich, sanfte Wörter zu finden, Wörter, die keine Angst verursachen sollten. Aber Daskind schien die Wörter nicht wirklich zu sehen, es lebte in einem Universum zwischen den Wörtern, sprang mit seinen Blicken an den Wörtern vorbei in eine geheimnisvolle Welt, die, so vermutete der Pflegevater, keiner Sprache bedurfte. Kari Kenel holte Blumennamen aus dem Gedächtnis hervor, von denen er wußte, daß sie Daskind kannte. Rosen, Margeriten, Ringelblumen und Königskerzen erstanden in der Kammer, doch Daskind tastete sich trotzig an ihnen vorbei in seine Welt, die keine Blumen kannte. Kari versuchte es mit den Vögeln, die er auf seinen Waldspaziergängen, Daskind an der Hand, mit Pfiffen, Trillern und Zirpen herbeilockte. Entmutigt sah er zu, wie Daskind teilnahmslos vor sich hin starrte.

An jenem Abend hatte Kari Kenel das erste Mal zugeschlagen, dem Kind befohlen, sich über den Stuhl des Immergrünen zu legen, eigenhändig das Hemd über das Gesäß des Kindes gestreift und den Gürtel aus den Schlaufen seiner Arbeitshose gezogen. Hatte ihn erst prüfend durch die Luft zischen lassen, dann ausgeholt und geweint. Wer sein Kind liebt. Wer sein Kind sprechen hören will. Der Züchtigung ging eine kurze Aussprache mit Frieda Kenel voraus. Die Daskind nie züchtigte, es nie berührte, nicht im Zorn, nicht in Zärtlichkeit. Die an der Nähmaschine saß und dem Zischen des Ledergurts lauschte, den Atem anhielt, die Hände ruhig im Schoß. In der Küche kaute der Immergrüne an einem Stück Käse, trank dazu dunkles Bier aus der Flasche und wischte sich nach jedem Schluck mit dem Handrücken den Schaum von den Lippen. Wartete auf seine Beute, die ein andrer ihm zurichtete. Er roch förmlich, wie die Gier von seinen Lenden Besitz ergriff, gelb wie die tabakfleckigen Finger, die er in die Öffnungen des Kindes bohren würde.

Nach zwanzig Schlägen, die Daskind auf Geheiß des Pflegevaters mitzuzählen hat, wischt sich Kari Kenel, wie der Immergrüne unten in der Küche den Bierschaum, die Tränen mit dem Handrücken aus dem Gesicht. Wortlos verläßt er das Grünezimmer, schlurft die knarrende Treppe hinunter, wo er dem Immergrünen auf halber Höhe begegnet. Daskind auf dem Stuhl rührt sich nicht. Du hast mir Schande gemacht, hatte der Mann gemurmelt, bevor er das Zimmer verließ. Daskind wußte nichts von Schande, stumm hatte es die Schläge erlitten, nach keinem Grund gesucht. Seine Welt steckte voller Unbegreiflichkeiten, nach Erklärungen zu suchen war müßig, wenn eine strafende Hand die andere ablöste. Eine kalte Brise erfaßt es. Daskind versucht, vom Kummer zu leben. Es wird gut daran tun, sich darin einzurichten, weiß Daskind. Das Leben ist eine nie heilende Wunde, die man sich selbst zugefügt hat.

Nach Kari Kenel versuchten die beiden Nonnen, dem Kind die Namen von Blumen, Vögeln oder süßen Speisen zu entlocken. Daskind blieb stumm, so sehr sie sich bemühten. Selbst Schwester Guido Marias sanfte Art, dem Kind das Sprechen beizubringen, blieb vergeblich.

Man hätte den Balg lassen sollen, wo er war, hieß es im Dorf. Daskind sei hier unglücklich, meinten einige freundlicher Gesinnte. Aber schon bald nahm man das stumme Kind hin, wie man ein Unwetter, eine kurze Unpäßlichkeit hinnahm oder streunende Katzen, die man nur des Spaßes wegen, sie wegrennen zu sehen, mit Steinen vom Hof verjagt. Wenn selbst die Seelenärzte nicht helfen konnten, waren andere Mächte im Spiel. Dem Teufel ab dem Karren, man hatte es immer gewußt. Daskind hörte die Hinundherworte, die kleinen Wortbomben. Es lernte, nicht zusammenzuzucken, wenn sich die Dörfler bei seinem Anblick bekreuzigten. Wenn es von andern Kindern durch die Dorfstraße gejagt wurde, flüchtete sich Daskind in die Leere, die sein Gehirn jederzeit erzeugen konnte. Wenn Bannflüche nichts nutzten und die Wirklichkeiten durcheinandergerieten, hatte Daskind keine Gewalt über die Hände, die nach dem Tod griffen.

Keller wollte Daskind wie eine Laus zertreten. Schon immer. Seit dem Tag, als Daskind ins Haus geholt wurde. Alle hatten sie eine Strafe für Daskind, das fremde. Auch der Sigrist und Derpensionist, die Freudenstau, die auch. Und die Kinder, die es von ihren Eltern lernten. Daskind fühlte sich in der Falle. Später, dachte es, würde möglicherweise vieles anders, auch Daskind konnte gerettet werden, versprach Daskind dem Kind, es solle sich den Tod zum Sklaven machen. Aber solchen Befehlen ist schwer nachzukommen. Daskind weiß noch nichts von der Geduld des Wartens. Kennt den verkapselten Zorn zu wenig, noch trägt der Haß kein bestimmtes Gesicht. Das wird sich ändern, sagt es dem Kind ins Ohr, und daß der Haß ein strahlender Stern sei, ein schwarzes Licht hinter der Angst, die es quält.

10

Das Herz des Wals wiegt 500 Kilo, sagt Kari Kenel zum Kind. Der Wal liegt auf einem langen, mit Planen ausgekleideten Eisenbahnwagen. Wäre das aufgerissene Maul nicht, das von Eisenstäben gestützt wird, könnte man meinen, das Tier schliefe. Wie ein riesiger, schwarzgeteerter Neger, lacht der Gemeindepräsident, dem das Dorf dieses Ereignis zu verdanken hat. Sein Arm verschwindet im aufgerissenen Rachen. Die Kinder an den Händen ihrer Mütter sind ängstlich. Wissen nicht, ob sich das riesige Tier nicht doch plötzlich bewegt, aufersteht vom Tod, der ihm von Männern mit großen Harpunen zugefügt wurde. Tapfer schreien sie im Chor nach Mister Haroy, es hallt durch den Bahnhof, als würde eine Horde Wilder den Geist des toten Tiers beschwören. Daskind schreit nicht mit. Wagt sich näher an den Leib, will dem Tier in die Augen schauen. In den Augen des Wals muß seine Heimat zu sehen sein, meint Daskind, eine Landschaft aus Farben und Licht, mit geheimnisvollen Höhlen, von regenbogenfarbenem Licht durchflutete, moosüberwachsene Korridore, durch die ein Schwarm schwereloser, friedlicher Tiere dahingleitet, ein ruheloses, einander umwerbendes Gedränge aus kühlen, wendigen Leibern. Aber in den Augen des Wals ist die Heimat nicht abzulesen, die Daskind meint. In den Augen des Wals sieht es die Augen seiner Widersacher, und in deren Augen wiederum die Augen der Widersacher hinter diesen Widersachern, Jahrmillionen zurück, und immer der lachende Töter hinter dem lachenden Töter hinter dem Töter. Ein Schachteltraum bindet Daskind an den toten Wal. In diesem Traum sind sie beide Gejagte, Daskind findet sein Entsetzen in den Augen des Wals wieder, seine Angst und den hilflosen Zorn, der jedem Töter entgegenbrandet und doch, kurz vorm Zuschlagen, ungenutzt verebbt.

Daskind und der Wal sind eine Insel inmitten des Lachens und Schreiens. Die andern hauen dem Tier kameradschaftlich auf die präparierte Haut, stellen sich neben den Wal, ihn mit der einen Hand berührend, die andere in der Hüfte, als ob sie die Sieger wären. Tun, als hätten sie das Tier erlegt, jeder den andern in der Haltung übertrumpfend. Tun, als bedrohe sie das Tier noch immer, besonders die Kinder, die in gespielter Angst zurücktreten, wieder vorpreschen, Mister Haroy skandierend um den Wagen tanzen, bis sie vom wütenden Gellen der Eltern zurückgerufen werden, sich anständig aufzuführen, das sei ein feierlicher Augenblick. Aber die Kinder lassen sich nicht zähmen. Sie beschießen den Kadaver mit unsichtbaren Harpunen, können ihre Lust am eingebildeten Töten kaum unterdrücken.

Bis der Gemeindepräsident in die Hände klatscht, weil er eine Ansprache halten will. Er wirft sich in die Brust, wartet, bis auch das übermütigste Kind an der Hand der Mutter den Mund hält, breitet die Arme aus. Als Dank für das Vertrauen der Gemeinde, der er seine Wahl verdanke, habe er diesen Anlaß ermöglicht. Es sei ein hartes Stück Arbeit gewesen, die Veranstalter zu überreden, einen kurzen Halt in ihrem Dorf einzuschalten. Die Reiseetappen des toten Wals seien von langer Hand vorbereitet gewesen, aber er habe doch den Wunsch gehabt, der Dorfjugend diesen einmaligen Anblick eines Riesenwals von sage und schreibe – er wiederholt ‹sage und schreibe› noch mehrere Male – 23 Metern Länge zu bieten. Man sei der Jugend etwas schuldig, wolle man sich ihrer als künftiger treuer Bürger vergewissern. Natürlich habe er eine bestimmte Summe aus der Gemeindekasse erbitten müssen, einen nicht unbedeutenden Anteil habe noch Moritz Schirmer beigesteuert, man solle ihn hochleben lassen. Sogleich brechen die Kinder in ein ohrenbetäubendes Gebrüll aus, das mehrstimmige Hurra und Bravo wird von den Wänden zurückgeworfen, bis der Gemeindepräsident erneut in die Hände klatscht. Man solle nun auch der tapferen Männer gedenken, die diesen riesigen Wal erlegt und im Kampf mit dem Tier auf hoher See ihr Leben riskiert hätten. Der Wal wiege lebend ganze 55 Tonnen, 55 Tonnen geballter Kraft, der die mutigen Männer mit nichts als ihren Harpunen entgegengetreten seien. Aber der Mensch habe vom Herrgott auch einen Verstand mitbekommen, der mache wett, was ihm an Kraft fehle, um solch ein Untier zu erledigen. Schon wieder brandet der Beifall durch den Bahnhof, den nicht anwesenden Helden zu Ehren und dem Verstand, den sie alle vom Schöpfer erhalten haben. Die Ehrung will kein Ende nehmen, schulterklopfend feiert der Mut seine Stunde, die sonst verschlossenen Gesichter leuchten dem Redner entgegen, der sich zufrieden die Hände reibt.

Daskind läßt die Hurrarufe, das Gejohle und Gestampfe hinter sich, hat sich an den Schulter an Schulter stehenden Dörflern vorbeigezwängt und den Bahnhof verlassen. Das Dorf war menschenleer. Unschlüssig blieb Daskind stehen, wußte nicht recht, welchen Weg es nehmen sollte. Im Chalet Idaho, wußte Daskind, wütete Frieda Kenel mit ihren Pfannen, die einzige, die sich nicht zu der um den Wal versammelten Menge gesellt hatte.

Das Chalet gehörte zu den besonderen Gefahrenzonen innerhalb der großen Gefahrenzone, in der Daskind lebte. Auch dann, wenn nur Frieda Kenel anzutreffen war. Die Pflegemutter. Ein langes Wort, denkt das mutterlose Kind, dem die vier Silben höhnisch durch den Kopf rollen, wie Marmeln in die falsche Richtung. Sind nicht aufzuhalten, die Silben im Kopf.

Daskind ist sich selbst ein vielfaches Wesen: Seiltänzerin, Menschenfresser, Rübezahl, Schneewittchen, Rosenrot und mehr. Der Trauer ist nicht standzuhalten, wenn dem Kind die Welt eindringt, die es nicht begreift. Dringt das Gift durch die Poren, durch alle Körperöffnungen, breitet sich fremde Welt aus im Kind, spürt sich Daskind zerfranst.

Über dem Kind kreist ein Mäusebussard. Ein Krähenschwarm versucht, ihn mit schrillem Gezeter abzudrängen. Die Straße zieht eine schnurgerade Linie durch die Landschaft, sie endet am Horizont. Durch die dünnen Schuhsohlen ist die Wärme des Asphalts zu spüren. Teergeruch vermischt sich mit dem Duft der blühenden Magerwiesen, die sich zu beiden Seiten der Landstraße ausbreiten. Gedankenlos kaut Daskind an einer Margeritenblüte, der säuerliche Geschmack überzieht den Gaumen mit luftiger Haut.

Lange wandert Daskind auf der Straße. Nun hat es den östlichsten Rand der Harch erreicht. Hinter dem letzten Dorf sind links der Straße die Kiesgruben am Hang zu sehen. Graue, ausgeschabte Wunden, um einen schrundigen Krater verteilt, der mit milchig schimmerndem Wasser gefüllt ist. Auf der Wasseroberfläche schwimmt Abfall. Eine tote Ratte streckt ihren aufgedunsenen Bauch in den Himmel. Über den beiden Gruben erstreckt sich ein langer Hügelkamm, der fast zur Gänze für den Kiesabbau freigegeben wurde. Baumstümpfe ragen in die Höhe, die gefällten Stämme haben eine tiefe Schleifspur in den Hang bis hinunter zur Straße gefressen.

Daskind sitzt am Kraterrand, die Füße baumeln über dem Wasser. Es könnte sich fallen lassen, denkt es, das Wasser würde in die Lungen eindringen, ihm den Atem nehmen. Es hat gehört, daß man beim Ertrinken als letztes Musik hört. Da es an Musikerinnerungen keine große Auswahl hat – außer Pflegemutters Fernimsüd vielleicht noch ein paar Kindermelodien, Zählreime und Spottlieder – ist das keine Verlockung.

Träge schwimmt die Rattenleiche auf dem Wasser. Daskind angelt mit einem Stock nach ihr, erzeugt immer größer werdende Kreise um den Kadaver. Es schlägt nach ihm, erst gleichgültig, ungenau, dann bricht plötzlich die Wut durch. Daskind zerpflügt mit seinem Stock das Wasser. Die Ratte wird lebendig, schnappt mit ihren spitzen Zähnen nach den Füßen des Kindes, reißt ihren Raubtierrachen auf. Sieben Feuerzungen greifen nach dem Kind. Aus den Vorderbeinen werden grüne Drachenflügel, dann wächst dem Tier Kopf um Kopf aus dem Rumpf, erst sind es nur große Beulen, die platzen, ledrige Köpfe freilegen, die sofort ihre Mäuler mit den sieben Feuerzungen aufreißen, auf Daskind starren, das ums Leben kämpft. Schwerfällig erhebt sich der Drache aus dem Wasser, zieht einen engen Kreis über dem Krater. Daskind kann seinen fauligen Atem riechen, und den ledrigen Geruch seiner schuppigen Haut. Der lange Drachenschwanz peitscht die Wassermasse, die jetzt über den Kraterrand schwappt, mit einer gefräßigen Wellenbewegung Daskind erfaßt, über ihm zusammenbricht, es in den Abgrund reißt. Da will Daskind schreien, aber seine Stimme gehorcht ihm nicht, es bleibt stumm. Verzweifelt greift es nach dem Drachenschwanz, zieht sich daran hoch, kriecht über den schartigen Kamm des Schwanzes zum Rücken, hält den Hals des Drachen umklammert. Der schwingt sich mit dem Kind auf dem Rücken hoch in die Luft, die von Fabelwesen erfüllt ist. Ihr Kreisen erzeugt ein melodiöses Sirren, daß im Kind die Wut abstirbt wie ein dürrer Ast an einem noch gesunden Baum. Lächelt Daskind.

Der Himmel ist ein blaues Land, grenzenlos, Daskind kann endlich atmen.

Höher und höher steigt der Drache, Daskind schwimmt jetzt im gleißenden Licht der Sonne, fühlt sich in der Hitze gut aufgehoben. Bis sich ein schwarzer Schatten vor die Sonne schiebt. Da fürchtet es sich einen Augenblick lang, denn es hat gelernt, daß Überraschungen meist aus dem Hinterhalt kommen, zuschlagen, ehe man sich's versieht. Doch dieser Schatten ist freundlich, ist der Wal, der sich in einem weiten, fröhlichen Bogen in die Höhe katapultiert, dann in einer eleganten Abwärtsbewegung am Rand des Horizonts verschwindet. Daskind auf dem Rücken des Drachen kann den orgelnden Lockruf des Wals hören, kann an diesem Samstagnachmittag die Sprache der Wale verstehen. An diesem Tag geht Daskind nicht unter. Ein Wal und ein Drache haben dem Kind den Tag gerettet.

Die rechte Straßenseite säumt Schirmers fruchtbarer Obstgarten. Hier reifen der Reihe nach Kirschen, Zwetschgen, Äpfel, Birnen und Nüsse, die Schirmer im eigenen Boot über den See in die benachbarte Kleinstadt bringt. Wenn die Früchte reif sind, achtet der Bauer darauf, daß sich kein Kind an einer Frucht vergreift. Dabei hilft ihm Zorro, der schwarze Dobermann mit den blutunterlaufenen Augen. Wenn der durch den Obstgarten jagt, wenn sich dem Hund das Fell über dem Rücken sträubt und er mordlustig die Zähne fletscht, hechten die Kinder über den Zaun, bleiben keuchend einen Augenblick stehen, ehe sie die Straße entlang zurückrennen.

Bauer Schirmer hat noch einen zweiten Verbündeten. Einen Stier, den er manchmal, nur so zum Spaß, mit einem Gewehrschuß über die Weiden hetzt, damit die Kinder vor Schreck erbleichen. Sein Gesicht glänzt vor schwarzer Freude, wenn eines der Kinder am Drahtzaun hängenbleibt und nur in allerletzter Minute die schützende Seite erreicht. Besonders, seit sein Sohn unter der Erde liegt. Das hat der Schirmer nie verwinden können. Hat lange mit Gott gehadert, die Schuld dem Mädchen gegeben, der Anni Bamert, dem sündigen Fleisch.

Weil Moritz Schirmer die umliegenden Kirchen mit großzügigen Legaten versorgt, übersieht man seine Bosheit. Und die Eltern wagen nicht, sich zu beschweren, einige von ihnen sind bei Schirmer hoch verschuldet. Unvorsichtig, sich mit dem Bauern anzulegen. Besser ist es, Schirmer noch beflissener, noch unterwürfiger zu grüßen.

An Schirmers stattlichen Besitz grenzt die gemeindeeigene Allmend mit der Kromenkapelle, die 1693 von Landammann Johann Krieg als Dank für die Bewahrung vor Raubüberfällen errichtet worden und der Heiligen Muttergottes von Loreto geweiht ist. Das Innere der Kapelle ist eine Nachbildung des heiligen Hauses von Nazareth, der Santa Casa, die nach der Legende Engel nach Loreto getragen haben. Über dem Engelsfenster, durch das der Engel Gabriel bei der Verkündigung eintrat, hatte sich ein Bienenschwarm niedergelassen und bildete eine schützende, dunkle Traube um die unsichtbare Königin. Das geschäftige Summen der Bienen erfüllte den rechteckigen Raum, als das Kind eintrat. Und im Summen der Bienen vermeinte es noch etwas von der Weite zu spüren, in die es mit dem Drachen aus dem Traum eingetaucht war wie in ein unverständliches Glück.

Stufen und Gitterschranke trennen den Raum mit dem Tonnengewölbe in das westliche Schiff mit dem Altar und den östlichen Chor, der ursprünglich im Hause von Nazareth die Küche mit einer Kaminnische, dem Santo Camino, bildete. Über der Nische ist die heilige Mutter mit dem Kind zu sehen, beide in kostbare, bestickte Gewänder gekleidet, einander liebevoll haltend. Ihre Gesichter und Gliedmaßen sind schwarz wie mattes Ebenholz, Mutter und Sohn lächeln sich zu.

Daskind setzt sich auf die Stufen. Die Arme um beide Beine geschlungen, kauert es lange vor dem Bild aus einer Welt, die ihm verschlossen bleibt. Warum nur ist so viel traurige Gewißheit im Kind? In einem Alter, das ein bunter Rausch sein könnte. Und da ist er wieder, der Zorn, der sich aus seinem Innern nach außen frißt, ein Ungeheuer, die Nachtseite des Drachen. Kann Daskind nicht an sich halten, muß Luft in die Lungen pumpen und schreien. Schreit den Zorn ins Gesicht von Mutter und Kind, schreit sich die geschundene Seele aus dem Leib. Bis es widerhallt von den Wänden, zu einem einzigen, schwarzen Schrei wird, während Daskind tanzt und stampfend den geheiligten Boden bearbeitet. Das will es nicht sehen, Daskind, diese Liebe im Gesicht der Mutter und die Liebe in den Augen des Kindes, das nicht. Bricht Haß aus im Kind ob der Liebe, die es sieht. An der es nicht teilhaben kann. Ist krank, Daskind, vor Lieblosigkeit krank. Winterkind.

Dann wieder Stille. So viel Kraft ist nicht im Kind, um all das Klagen, das Entbehren, das Nichtverstehen mit einer schützenden Haut aus Haß zu überziehen. Gehen die Schreie des Kindes in ein Wimmern über, in ein Katzengewimmer, das nicht mehr aufhören will. Sein Körper möchte sich teilen, auseinanderbrechen, den Zorn freigeben, diesen Klotz in der Mitte, an dem es erstickt. Doch es bricht nicht auseinander, noch nicht, im Gegenteil, der häßliche Klotz wird schwerer und schwerer, auch wenn sich Daskind kaum weiterschleppen kann unter seinem Gewicht. Der unsichtbare Buckel des Kindes, das kein Kind sein darf. Das nur eine Traumstunde lang den Drachen ritt.

Kindern, die nachts weinen und schreien, legen die Mütter in der Harch den «Schlaf» unters Kissen. Sie finden den Auswuchs der Rosengallwespe in den Hundsrosensträuchern. Soll der «Schlaf» seine Kraft behalten, darf er nicht berührt oder übers Wasser getragen werden. Wenn das Mondlicht in die Kinderstube fällt oder das Hemd des Kindes dem Mondlicht ausgesetzt ist, dann ist das Nachtweinen, so nennen sie es, unvermeidlich. Oder wenn sie beim Eintreten zuerst das Kind betrachten statt andere Dinge. Wenn der «Schlaf» seine Kraft verliert, gibt man den Nachtweinenden

Bockshornsaft, oder man legt ihnen betäubenden Nachtschatten, wilden Hopfen und Spreu aus dem Schweinestall in die kleinen Betten. Einige beräuchern das Kind mit brennendem Zaunmoos, oder sie geben ihnen getrockneten Hühnerkot in die Milch. Das Moos vom Dach eines Kuhstalles dient zum Beräuchern nachtweinender Mädchen, das Moos vom Dach eines Ochsenstalles zum Beräuchern der Knaben. Oder man trägt die nachtweinenden Kinder in den Stall und legt sie auf das noch warme Lager eines Tieres. Wenn ein Kind das Nachtweinen hat, so soll die Mutter abends beim Gebetsläuten Hafer in ihre Schürze geben, darüber das Kind halten und dreimal sprechen: «Du Nachtmutter, gib deinem Roß ein Futter, daß dein Kind schreit und meines schweigt.» Drei Steinchen, während des Läutens unter der Dachtraufe aufgehoben und – ohne sich umzusehen – unter das Kissen des Kindchens gelegt, sollen auch helfen. Manche Mütter legen das weinende Kind auf ein Fell über der Türschwelle, schreiten dreimal darüber und sprechen dabei die Worte: «Welche dich geboren, die hat dich auch befreit.» Damit der Bann hilft, dürfen aber die Mütter nach Sonnenuntergang nichts mehr ausleihen. Wenn sie es nicht vermeiden können, muß es sich der Leihende gefallen lassen, daß ihm ein Stück von seinem Hemd abgerissen und dem Kind unter die Matratze gelegt wird. Manche Frauen waschen sich bei Sonnenaufgang die Brüste mit Weihwasser und lassen die Kinder nachts an den geweihten Brüsten einschlafen.

Dem Kind hilft keine Mutter. Wenn ein Kind wie Daskind nachts weint, hängt höchstens ein gleichgültiger Mond am Himmel, vielleicht schreit ein Kauz. Oder ein Hase hoppelt erschrocken ins Gebüsch. Wie jetzt, am östlichen Ende der Harch, als das Kind endlich die Kromenkapelle verläßt und nichts mehr anzufangen weiß mit den Sekunden.

Im Ausweglosen verstrickt.

In der ausweglosen Zeit, die sich in Ewigkeiten verwandelt.

In dieser Nacht voller schwirrender Narrenlichter.

Irrlichtert
Daskind mit dem Kind
über das Feld
hinter
der Kromenkapelle.
Trägt
am Buckel
Daskind.

Als der Knecht auf dem Hof am östlichsten Rand der Harch das Wimmern des Kindes vernimmt, glaubt er, eine junge Katze zu hören. Langsam sucht er das Feld ab, bis er in einer Ackerfurche ein Kind kauern sieht. Er habe geglaubt, daß dort ein verirrtes Kätzchen jammere, sagt der Knecht dem Bauern, als er Daskind auf seinen Armen in die Stube trägt. Der ruft nach der Bäuerin. Die schlägt beim Anblick des Kindes die Hände zusammen und kann nicht aufhören, ein ums andere Mal Armeskind zu sagen, so verloren.

Wem es gehöre, wird Daskind gefragt. Das aber stumm bleibt. Die Milch trinkt. Sich an der großen Brust der Bäuerin wärmt. Das springt nicht über den Abgrund Wort, um endlich anzukommen, eine Ordnung zu finden. Daskind bleibt unbehaust, trotz der Wärme im Raum und der Milch, keiner Verführung zugänglich ist Daskind.

An diesem Tag wird Daskind zweimal davongetragen. Erst vom Knecht in die fremde Stube. Dann vom Pflegevater in die Kinderkammer. Nachdem ein Hin und Her von Fragen die Herkunft des Kindes klärte. Des Hergelaufenen. Daskind hat sich nicht gewehrt. Ist im offenen Jeep unter Kari Kenels Gummimantel, auf den ein Sommerregen niederprasselte, nach Hause gefahren worden, in die Gefahrenzone aller Gefahrenzonen, wo Frieda Kenel herrscht. Und der Immergrüne. Auch Kari Kenel. Der heute keinen Ledergürtel aus den Schlaufen zerrt. Nur den Kopf schüttelt und «Warumkind» murmelt. An diesem Tag.

11

Agnus Dei, qui tollis peccata mundi. Das kann lange dauern, vielleicht ein Leben lang, das Danken, das Demlammdanken, weil es die Sünden der Welt auf sich genommen hat und für die Sünder gestorben ist. Agnus Dei. Singen die Dörfler mit schleppenden Stimmen, während Pfarrer Knobel mit hocherhobenen Armen die Hostie über den Kelch hält. Seine Augen sind geschlossen. Schweißperlen auf der Stirn, Daskind sieht es genau.

Die Zeit ist ein spiralförmiger Lindwurm, man weiß nie, auf welcher Ebene seines mehrfach gewundenen Rückens man grad sitzt. Daskind denkt an seine Sünden, die ein Lamm auf sich genommen hat. Es müssen seine Sünden sein, die das Lamm getötet haben. Es ist ein Alptraum, an die Sünden zu denken und an das Lamm mit dem Messer am Hals. Während der Schafschur scherzen die Männer und drohen spielerisch mit ihren Messern, machen das Zeichen des Halsabschneidens. Die Schafe blöken und versuchen mit ungeschickten Bewegungen, sich zu befreien. Wenn sie auf den Rücken geworfen werden, ragen ihre zappelnden Beine anklagend in den Himmel. Einige verdrehen die Augen. Starren in eine andere Welt als die der Bauern mit ihren Messern. Manche stellen sich tot, so daß Daskind tatsächlich glaubt, sie seien gestorben. Auch wenn kein Blut fließt. Es ist eine Sünde, ein Lamm mit seinen Sünden zu beladen, daß es daran stirbt. Keine läßliche, die vergeben werden kann, eine Todsünde. Wäre Daskind nicht geboren worden oder kurz nach der Geburt gestorben, in den Bach geworfen worden, vom Vorderberg gestürzt, im See ertrunken, von Schirmers Stier zerfetzt oder vom Pensionisten, hätte kein Lamm sterben müssen. Wen auch immer das Lamm von seinen Sünden befreit hat, Daskind ist nicht unter ihnen.

Das ist mein Fleisch, sagt der Pfarrer mit starker Stimme, und das ist mein Blut, nehmet und esset von meinem Fleisch, trinket von meinem Blut. Sagt auch der Pensionist nachts in der Kammer des Kindes. Hält Daskind in seinen Pranken gefangen. Preßt mit dem schweren Leib den Leib des Kindes in die Kissen. Führt den haarigen Schwengel in den Mund des Kindes. Stößt stöhnend zu. Erstickt Daskind am Dasistmeinfleisch. Rächt sich das Lamm. Rasch überschlägt Daskind sein kurzes Leben, bricht ab vor dem letzten Stoß des Stöhnenden, hat beim Überschlagen fast das Atmen vergessen, pumpt das Herz vergiftetes Blut durch den Körper. In wilder Wut. Rast Dasistmeinblut durch die Adern des Kindes. Liegt befriedet der Stier auf dem Kind. Unter den Augen des Lamms an der Wand. Unter den Rosaaugen des Lamms, das lächelt auf den Schultern des Hirten.

In der Sakristei ordnete Jakob Gingg die Soutanen des Pfarrherrn, als Daskind auf Geheiß seines Pflegevaters einen Strauß Rosen vorbeibrachte. Vorbeibringen mußte. Während die Stunde bedrohlich mit den Flügeln schlug, hatte sich Daskind, an die Rosen geklammert, wieder einmal durchs Dorf geschlichen, am alten Schulhaus vorbei, ohne einzutreten, dem neuen entlang und am Pfarrhaus, der Michaelskirche zu. Die Rosen waren von der Pflegemutter in eine alte Ausgabe des Bezirksanzeigers gewickelt worden. Trotzdem bohrten sich die Dornen in den Handteller des Kindes. Um den Sigristen für einen Gedankenaustausch über neue Zuchtmöglichkeiten günstig zu stimmen, hatte Kari Kenel die schönsten seiner Stöcke geplündert. Er hatte sich sogar dazu durchgerungen, einige vollerblühte Zweige seiner Moosrosen zu opfern. Das zarte Rosa der Moosrosen ergänzte Kari Kenel mit einigen Hohlsteinrosen, deren blutrote Farbe den Sigristen einst zur Bemerkung veranlaßt hatte, daß dieser wunderbaren Blüte der Name Herzblut sehr wohl anstehen würde. Hohlstein erscheine ihm allzu grobtrocken für ein Blümelein – Kari Kenel wunderte sich im stillen ob der sonderbaren Ausdrucksweise –, dessen leuchtende Farbe das Herz eines jeden Rosenzüchters höher schlagen lasse. Kenel war bereit, dem beizupflichten, obwohl ihm an derart übertrieben poetischen Ergüssen nicht sonderlich gelegen war. Im Gegenteil, gerade die sanftesten Namen seiner Rosen brachten ihn eher in Verlegenheit. Namen wie Marcelle, Caprice, Marie Claire oder Mermaid, eine besonders zarte, blaßgelbe Rankrose, ersetzte Kari Kenel kurzerhand durch Initialen und Zahlen. So hieß denn Kenels Marie Claire MC3, die Mermaid dagegen MM2. Auf diese Abkürzungen verzichtete er nur an den wenigen Ausstellungen, die er mit seinen neuesten Züchtungen besuchte. Dort mußte man sich an die Regeln halten, auch wenn einem die fremdartigen, zärtlichen Namen nur schwer über die Lippen kamen. Sie verwirrten Kari, weichten den Panzer auf, der sein Inneres umschloß und es vor der Kälte schützte, der er ohne diesen Panzer nichts entgegenzusetzen gehabt hätte. Die Namen häuteten, entwaffneten ihn, sie machten ihn für Träume empfänglich, die in seinem Leben keinen Platz einnehmen durften, wollte er als einer der andern bestehen.

Schließlich bereicherte Kari Kenel den kräftig duftenden Strauß noch um ein paar Zweige Alaskarosen, als wäre ihm zu warm geworden in der armen Haut, als genügte der Name dieser Rose, ihn vor der Hitze zu schützen, die ihn beim Nachdenken überkommen hatte. Aber auch die Alaska konnte ihn heute nicht besänftigen, konnte kein Gefühl von wohltuender Kälte hervorzaubern. Im frühen Morgenlicht schimmerten die alabasternen Blütenblätter, Tautropfen glitzerten vielfarbig in den großen Blütenkelchen, ihr Anblick war nicht dazu angetan, sich zu bescheiden. Kenels Hände zitterten. Er hätte gern die Seidenhaut berühren wollen, eindringen wollen in die Alabasterkühle eines Frauenleibes, der Frieda Kenel so gar nicht war. Wie ein Bub stand er vor ihr, die Rosen in den großen, abgearbeiteten Händen. Aber die hatte rasch, während er noch grübelte, die Rosen an sich genommen und ins Papier gewickelt, dem Kind den Strauß in die Hand gedrückt. Beim Anblick ihrer knöchernen Handgelenke wurde ihm endlich kalt. Beschämt schlurfte Kari Kenel aus der Küche, folgte dem Kind bis zum Gartentor. Dann blieb er stehen, stand unter den weißen Trauerrosen, als Daskind das Tor sorgfältig aufschloß.

In die Stimme Kellers fiel Daskind wie in ein Loch. Sie bildete die Vorhut seiner Hände, die Daskind unter einem Vorwand packten, es an sich rissen, um es wie den schmutzigen Scheuerlappen, mit dem Kellers Frau angewidert den Dreck auf den Stufen verteilte, von sich zu schleudern. Beide, Herr und Frau Keller, bestanden aus fetten Gesichtern und fetten Wörtern, die sie wie Müll in sich hineinschaufelten. Oder andern an den Kopf warfen, bis diese, vollgestopft mit dem Kellermüll, dampften wie unordentliche Misthaufen. Die Anstrengung, mit dem Wortmüll um sich zu werfen oder ihn in sich hineinzuschaufeln, war den Kellergesichtern anzusehen. Fett waren sie, gerötet, und auf Kellers niedriger Stirn bildeten sich bei jedem Wetter Schweißtropfen.

Fast immer hing zwischen Kellers Lippen der Stumpen und qualmte in kurzen Stößen vor sich hin, wenn sich Kellers saugender Mund fest um ihn schloß. Auch heute, als Daskind sich an Keller vorbeischleichen wollte. Der wartete, Zigarre im fetten Gesicht, auf seinen Einsatz. Schlug zu, bevor es das alte Schulhaus erreichte. Mit den in einen alten Bezirksanzeiger eingewickelten Rosen. Mit der behelfsmäßigen Tüte, auf der, leicht vergilbt, noch immer nachzulesen war, wie Bauer Peter aus Freienbach ums Geld kam und sich Kaplan Ringholz, bei diesem unredlichen Handel als Komplize des Betrügers einen Namen geschaffen hatte. Oder daß in Yverdon eine 51jährige Hebamme von einem Rekruten erstochen wurde. Das Bajonett des Soldaten fand die besondere Beachtung des Reporters. Wie auch die Leiche des Massenmörders Tore Hedin, die aus dem südschwedischen See von Borasp gefischt wurde. In einem Abschiedsbrief habe er neun Morde gestanden und darauf hingewiesen, daß er, wenn nicht als Lebender, so wenigstens als Leiche seinem Land einen Dienst erweise, erspare er ihm doch die Gerichtskosten und den Gefängnisplatz, man möge ihm deshalb seine Flucht ins Jenseits verzeihen.

Von aller Vorsicht abgenabelt, gehorchte Daskind Kellers Stimme. Die als Vorhut nach ihm grapschte. Das fette Kellerlachen traf auf keinen Widerstand, als es in die Poren des Kindes eindrang und gleichzeitig die Kellerhand dem Kind den Stumpen in den Mund stieß, bis Daskind fahl wurde, die Todesangst über die Rosen kotzte, und über Tore Hedin, der doch schon tot war. Den keine Angstbrühe auferwecken konnte, wie das DER HERR am Ende eines langen Wartens eines jeden Sünders tat und mit dem Daumen beliebig nach unten oder oben wies.

Ich werde dich lehren, Zigaretten zu stehlen. In meinem Laden. Unter meinen Augen.

Lacht sein fettes Kellerlachen. Dieben soll man beizeiten die Hände abhacken.

Hat den krummen Blick, der Keller, auf Daskind gerichtet und lacht.

Kari Kenel steht noch immer bei der Trauerrose. Ohne sich zu rühren. Was soll Daskind mit dem stummen Pflegevater unter der Trauerrose. Mit dem speicheligen Zigarrenende im wunden Mund. Mit dem fetten Lachen in den Poren. Mit dem «Ich will dich lehren, in meinem Laden Zigaretten zu stehlen».

Schleicht, vom Ekel geschüttelt, alleinsam durchs Dorf. Keinen einzigen Schrei hinter sich lassend. Dieser Art Wege sind taubstumm zu beschreiten. Mit verstopftem Mund wie nachts unter dem Immergrünen.

Daskind verhielt den Schritt vor der Michaelskirche. Schluckte bittern, übelriechenden Schleim. Die Erniedrigung. Den Haß Wennichgroßbinwerdeicheinenvoneuch. Oder vielleicht die Kellermarie. Wenn man ein Kind wie Daskind ist, scheint die Auswahl unbegrenzt. Nur Eulenkinder haben eine Zukunft. Anderer Kinder Leben scheint ein Tod ohne Ende zu sein. Und nähme der Tod ein Ende, was dann? Was überhaupt bei dem Leben?

Im Kind denkt's ans Töten. Dann ist eine Macht da, im Kopf, wenn ans Töten gedacht wird.

Unter dem Chorgewölbe blieb Daskind einen Augenblick stehen. Über ihm breitete Mutter Maria schützend ihren Sternenmantel aus. In seine Falten schmiegten sich um Fürbitte betende Menschen, zur Linken der Heiligen Jungfrau fromme Männer, zu ihrer Rechten Frauen und Kinder. Die Hände hilfesuchend erhoben, hingen ihre Blicke am Gesicht der Jungfrau, das, von einem Heiligenschein umrahmt, sanft auf sie herablächelte. Die Gottesmutter war eine Riesin, so groß, daß sich die Menschen in ihren Mantelfalten wie Zwerge ausnahmen. Einige gingen am Stock, andere hatten Schwären an den nackten Füßen. Einem fehlte ein Bein, der junge Mann stützte sich auf die Schulter eines Alten, dessen Gesicht von einer Wunde entstellt war. Ein Mädchen, an der Hand seiner Mutter, sah mit großen, traurigen Augen empor. Bei seinem Anblick zog sich dem Kind das Herz zusammen. Das kannte Daskind, diese nie enden wollende Trauer in der Brust, ein schwarzer Stein, der das Atmen erschwerte. Schmerzzerfressen. Haßzerfressen, wenn der Schmerz nicht mehr auszuhalten war.

Eine kurze Steintreppe führte hinter dem linken Seitenaltar, der dem Schmerzensmann geweiht war, hinunter zur Sakristei. Das Sandsteinrelief über der goldverzierten Altarmensa wurde von einer winzigen Öllampe schwach beleuchtet. Die Gesichtszüge des leidenden Christus, in Schmerz erstarrt, wirkten abweisend. Der nackte, magere Leib war von den gestifteten Kerzen rußgeschwärzt. Eine Hand war abgeschlagen, die Beine grotesk ineinander verschlungen, am linken Fuß fehlte die Ferse. Daskind berührte die rauhe Oberfläche des Körpers, es mußte sich dazu auf die Zehenspitzen stellen und weit über den Altartisch beugen. Im Herzen der silbernen Strahlenmonstranz lagen die Hostien von der letzten Totenmesse. Wenn die Wettermesse gelesen werden mußte, wurde die kleinere, vergoldete Wettermonstranz hervorgeholt. Daskind, das nicht wußte, was es am Leib des Herrn zu suchen hatte, trödelte lange vor dem Altar.

Bis es den Sigristen in der Sakristei hantieren hört. Bedächtig nimmt es Stufe um Stufe. Den jetzt unschönen Strauß mit den langen Dornen fest umklammernd. Zwingt sich, nicht an den Schmerz im blutenden Handteller zu denken. Das Blut hat Tore Hedins Geständnis und des Kindes Angstbrühe rot gefärbt. So ist alles eins geworden mit dem Kind, das Blut und die Angst und der Schmerz und der Tod eines Mörders. Kein Loch, durch das Daskind aus dem Kreis schlüpfen könnte. Sieht dem Sigristen ins faltige Altmännergesicht. In die geröteten Augen. Saugt sich an ihnen fest, als wäre das ungläubige Staunen in diesen Augen eine feste Burg. Der Unverstand des Sigristen ein sicherer Hafen. Streckt dem Sigristen die Angst und das Blut und den Schmerz, den Tod entgegen. Der ihm, angewidert von der Geste, die Tür weisen will. Daskind bleibt unter der schweren Holztür stehen, mit den zerstörten Rosen in der ausgestreckten Hand.

Daskind kann den Zorn im Sigristengesicht sehen. Er spiegelt sich in den Sigristenaugen wider, die jetzt schmal werden wie die des Kindes es immer sind. Daskind sieht unter den verquollenen Lidern ein kaltes Feuer.

Unter der Stuckdecke, an der Ziborium, Meßbuch, Meßglöcklein, zwei Kerzen, ein Lorbeerzweig und Rosen zu einem sakralen Stilleben in einem runden Louis-seize-Rahmen geordnet sind, steht das alte Sakristeibuffet. Dorthin zerrt der Sigrist Daskind. Hat es am Nacken gepackt und zum Buffet geschleift, drückt ihm das Gesicht auf das rankenverzierte Holz, daß Daskind keine Wahl hat. Fallen die Streiche auf den Rücken des Kindes, reißen die Dornen die Haut auf unter dem dünnen Hemd, hinterlassen rote Spuren auf der Haut. Mutter Maria, möchte Daskind beten, nimm mich unter deinen blauen Himmelsmantel. Möchte betteln, von den Rosenschlägen verschont zu werden. Wird nicht verschont, Daskind, kennt kein Gebet, das so laut wäre, daß es die Himmelsmutter hören könnte. Dich will ich lehren, geifert's aus dem Sigristenmaul, ich bin das Schwert Gottes, da, um deine Sünde zu rächen vor den Augen des Herrn.

Fallen verkotzte Blütenblätter von den dornigen Stielen. Fällt dem Kind die Leiche Tore Hedins ins Gehirn und das Soldatenbajonett. Das will es nicht vergessen, daß da Krieg herrscht zwischen ihm und der Welt. Das will es nicht vergessen, und daß es gestehen muß, immer wieder, ein Kriegskind zu sein, den Tod im Gedärm und in der Seele, die einem wie dem Kind abgesprochen wird, und doch da ist mit ihrer Last aus Verzweiflung und Haß. Das ist mein Fleisch, das ist mein Blut, hämmert's in seinem Kopf, nehmet und esset vom Gift, schlagt euch die geilen Bäuche voll, saugt das Blut auf mit euren gierigen Mündern. Bringt Fleisch und Blut zum Verschwinden, bis nichts mehr bleibt vom Kind, an dem es leiden könnte. Rasch noch die Dornen in den Schädel gebohrt und einen Speer zwischen die Rippen. Es wird kein Halten geben, wenn die Sünden unvergeben sind und der Leider am Kreuz kein Erbarmen zeigt. Ich will dich lehren, schreit's über dem Rücken des Kindes. Widerstandslos lernt Daskind, vornübergebeugt, das Gesicht in die Ranken gedrückt. Lernt rasch und sicher, weil keine Zeit zu vertrödeln bleibt, wenn von der Sünde die Rede ist. Erstaunt bemerkt es das plötzliche Fehlen der Angst, hat mit den Fühlern des Hasses eine Ordnung gefunden. Agnus Dei auf dem brennenden Rücken, den Dornenkranz auf dem lockigen Haupt. Liegt in den braun verfärbten Rosenblüten, die nicht lieblich duften. Fällt Schneeregen in den schwarzen Haß.

Keiner fragt Daskind nach der Ursache seiner Wunden. Ist im Übermut in die Dornenhecke gefallen. Vielleicht. Im Übermut, im hergelaufenen, ins Haus geholten. Dornenkind.

12

Das war ein Gelächter im Dorf, als man erfuhr, daß sich Daskind nachts im frisch ausgefahrenen Mist gewälzt hatte. Nachdem sich Gott, der Herr, und der heilige Petrus geweigert hatten, Daskind von seiner stummen Not zu befreien, wie Pfarrer Knobel es wortreich versprach, schleppte man das Kind zur Schwarzen Madonna ennet dem Vorderberg. Die Freudenstau hatte Frieda Kenel heimlich ein paar Schrecksteine zugesteckt, die solle sie dem Kind in die Rocktasche geben, man könne nie wissen, ob nicht doch ein Dämon im Kind stecke, der jede Fürbitte der Schwarzen Mutter verlache. Ganz bestimmt leide Daskind am Chlupf, wie man es in dieser Gegend nenne, da könne sowohl das Auflegen von Schrecksteinen als auch von Schwalbenasche oder ungereinigten Hufnägeln gute Dienste leisten. In der Nähstube hatten sich die Frauen ausgiebig unterhalten. Über den Kopf des Kindes hinweg, das auf dem roten Sofa saß und wie immer schwieg. Frieda Kenel, die Stecknadeln zwischen den Lippen, konnte ihrem Mißtrauen gegen solchen Aberglauben nur zischend Ausdruck verleihen, aber ihr kühler Blick aus seidenblauen Augen und die hochgezogenen rötlichen Augenbrauen sprachen Bände. Das allerdings hielt ihre Kundinnen nicht davon ab, sich lüstern über Räucherungen, Beschwörungen, über den Nutzen von Verschreifeigen beim Chlupf, Luchsklauen bei Verstocktheit und andern Gottesgeißeln zu unterhalten. Daskind kaute an den aufgeklebten Gänseflaumfederchen eines weißen Zelluloidschwans, als Schättis Frau lispelnd vor Aufregung riet, drei Miserere über dem Kind zu singen und dann dreimal mit den Worten das Kreuz über dem Kind zu schlagen: «Für Herzgesperre und Unterwuchse, Hilf meinem Kind von seiner Sache, Hilf meinem Kind von seiner Rippe, wie Jesus Christus von der Krippe.» Hierauf blase man dem Kind dreimal ins Gesicht, nachdem man eine Knoblauchzehe gegessen und die rechte Hand ins Weihwasserbecken neben der Stubentüre getaucht habe. Weil aber niemand so recht wußte, wessen Kind denn Daskind nun eigentlich sei, entstand eine Verlegenheit, die sich in einem langen Schweigen bemerkbar machte. Schließlich unterließ man, immer noch etwas verlegen, man war ja gerade dabei gewesen, der Kirche das verbriefte Recht abzusprechen, als einzige Heil und Weh der Welt zu verwalten, jegliche Zauberei, auch die im Namen Christi. Nur die Freudenstau steckte Frieda Kenel heimlich drei Schrecksteine zu, die sie, so gebot es die Vorschrift, bei Vollmond unter einem Kuhfladen hervorgeholt hatte. Schättis Frau drückte Daskind an die milchig duftenden Hängebrüste: Frecherbub, Kleinerfratz, zärtlich, und eine Brustwarze schmiegte sich zutraulich an die Wange des Kindes. Das hatte soeben die letzte Flaumfeder des Schwans verschluckt und hustete, bis es in Tränen ausbrach. Saumädchen, Dreckigerbalg, Undankbares Ding, sagte die Freudenstau, während die Störschneiderin Kenel geschäftig an ihren schmalen

Hüften hantierte und sanft über den glatten, geschmeidigen Stoff strich. Auf dem marmornen Schwarz schillerten die Lichtstrahlen der Nachmittagssonne, am Bein der Freudenstau glitzerte das Strumpfband.

Die Unterredung in der Nähstube brachte Frieda Kenel auf den Gedanken, sich mit Pfarrer Knobel auszusprechen. Der, im Beichtstuhl durch das Sprechgitter Meinetochter murmelnd, rief die Schwarze Jungfrau an, eine Wallfahrt zu ihr könne nicht schaden. Er selber wolle, gegen ein bescheidenes Entgelt, es sei immer ratsam, dem Herrn Jesu Geschenke darzubringen, zum Segen des Kindes eine Messe lesen. Wenn Daskind sich aber weiterhin, auch nach dem Besuch der Heiligen Mutter, in einer Art von Nervenkrampf winde, müsse man an eine Austreibung denken. Doch dafür sei er nicht zuständig, da müsse Pater Laurentius her, den wolle er schon einmal benachrichtigen und im Namen Gottes bitten, sich des Kindes, wenn nötig, anzunehmen. Bei dem Wort Austreibung leuchteten Knobels Augen in heiliger Vorfreude auf. Es war dasselbe Leuchten, das in seinen Augen lag, wenn er sonntags durchs Dorf trippelte und einem gedeckten Tisch entgegeneilte. Austreibung. In diesen Zeiten wurde man nicht allzuoft mit derlei frommer Drastik verwöhnt. Ausgetrieben wurde vielmehr der Aberglaube, auch in Knobels Kirche, damit Gott vorbehalten bleibe, was Gottes ist. Beim vermaledeiten Kind aber würde die Uhr zurückgestellt werden, zum Wohle des Kindes in die Zeit zurück, als dem Teufel mit Rutenhieben auf die armen, besessenen Leiber das Wildern ausgetrieben wurde. Amen. Gehe, Meinetochter, in Frieden.

Aber vorerst wird nicht ausgetrieben. Das spart man sich für den schönen Notfall auf. Zuerst wird zur Schwarzen Mutter ennet dem Vorderberg gewallfahrt, die soll helfen, wenn dem Kind noch zu helfen ist. Da wird man beten, für das in züchtiges Grün gekleidete Kind, fürs von Frieda Kenel in grobes Tuch eingeschneiderte Kindohnelieb, fürs Chlupfchind, das ungeschlachte. Die Schrecksteine liegen schwer in der Rocktasche, Frieda Kenel hat geglaubt, sich an höhern Mächten als der Macht Gottes zu versündigen, wenn sie den Ratschlag der Freudenstau nicht beherzigte. Nachts zuvor ist Frieda Kenel über sich hinausgewachsen, hat drei Zweiglein Majoran in ein Glas gegeben, Wasser dazugegossen und das Ganze mit blauem Papier zugedeckt, das sie vorher mit Nadelstichen durchlöchert hat. Sogar die Schere hatte sie nicht vergessen, das Papier mit einer kreuzförmig geöffneten Schere beschwert und dreimal zu Gott gebetet, er möge ihrem Tun den Segen bringen. Als sich Daskind morgens an dem Gebräu verschluckte, verstand sie es als ein Zeichen. Sie hatte es immer gewußt: dem Teufel ab dem Karren.

Im Zug war es gut. Daskind ließ die Landschaft an sich vorbeiziehen. Es saß neben Kari Kenel, in sich gekehrt, ohne Anteilnahme. Frieda Kenel hatte Brote mitgeschleppt, die keiner aß. Sie nippte an einem Glas Elmer Citro, das Mineralwasser gehörte unverzichtbar zu einem Ausflug. Daskind nippte an nichts. Schloß die Hand um die Schrecksteine, die sich warm und etwas rauh anfühlten. Wie Kari Kenels Militärhose, die er an Werktagen trug. Es hätte gerne an den Steinen gerochen, wagte aber, unter den Augen der Pflegemutter, nicht, sich zu rühren.

Ennet dem Berg, jenseits des Berges, lag alles, was Daskind von der Welt trennte. Man mußte also in die Welt fahren, um den Teufel loszuwerden. Wenn der Teufel auch mitfahre, dachte Daskind, hier, ennet dem Vorderberg, würde er mit zornigbissigem Gestank von dannen fliegen, der Hölle zu. Über die Komplikationen dachte Daskind nicht weiter nach, nicht an die Möglichkeit, daß der Teufel es nach seiner Rückkehr am Eingang des Dorfes hämisch lachend begrüßen könnte. Mit seinem Bocksfuß, dem Bocksschwanz und den Bockshörnern. Dem Bocksgestank. Daß ein hinterlistiges Geschick es für immer an den Teufel verschachterte. Der seine Hölle im Dorf hatte und unter den Augen der Bewohner mit dem Kind sein Unwesen trieb. Daß es nimmer reden mochte. Wer konnte schon mit Sicherheit sagen, von wem Daskind in seiner Kammer ausgefroren wurde. Und hatte es je in Kari Kenels Augen geschaut, wenn er zuschlug und weinte. Vielleicht war ja auch das Sigristengesicht nur eine Tarnung, an der sich der Teufel ganz besonders ergötzte. Daskind selbst eine Ausgeburt teuflischer Phantasie, eine unrettbare Nichtexistenz, der auch die Welt ennet dem Berg nicht zum Leben verhelfen konnte. Gottes verlorene Idee, vom Teufel aufgelesen und umgeformt. Nichts war sicher, nichts als der schwere, schwarze Stein in der Körpermitte, um den Daskind täglich Ordnung zu schaffen suchte.

Der Andrang der Welt nahm mit jeder Umdrehung der Räder zu. Daskind betrachtete das sich immer wieder verändernde Muster aus Dörfern, weidenden Kühen, Kirchtürmen, kleinen und größeren Bahnhöfen, wo sonntäglich gewandete Menschen mit Kindern wie dem Kind an den Händen ungeduldig auf die Abreise von da nach irgendwohin warteten. Erreichte der Zug einen Bahnhof, stand die Zeit für einen Augenblick still, und Daskind glaubte zu sehen, daß sich ennet dem Berg frei von schwarzen Steinen Schicksale ereigneten und deshalb keine Ordnung zu schaffen geboten war. Weil Daskind die Freude nicht kannte, schloß es die Augen, bis der Zug in Einsiedeln einfuhr.

Eine lachende, gestikulierende Menschenmasse quoll aus den Wagen, drängte sich zum Bahnhofsausgang und verteilte sich gleichmäßig über die Straße, die zur Wallfahrtskirche führt. Was für eine Straße. Auf den Gehsteigen reihte sich Stand an Stand, prall gefüllt mit Devotionalien, gebrannten Mandeln, herzförmigen Schleckstengeln und Magenbrot. In großen Kupferkesseln wurde Zuckerwatte in allen Farben angerührt, die, um lange Holzstiele geschwungen, in den Händen strahlender Mädchen und Buben landete. Die Erwachsenen wählten unterdessen zwischen einer Madonna aus Marzipan oder bemaltem Eschenholz, aus Gips, Ton oder Bakelit.

Daskind starrte auf einen Berg herzförmiger Schleckstengel. Sie leuchteten erdbeerrot in der Sonne, ihr süßer Geruch, vermischt mit dem wolkigen Geruch der Zuckerwatte und dem bittersüßen Geruch der gebrannten Mandeln stieg dem Kind in die Nase. Die Farbe der Zuckerherzen war von derselben Leuchtkraft wie das Flammenherz Jesu über dem Weihwasserbecken in Frieda Kenels Stube. Daskind träumte mit offenen Augen, daß da ein Berg gebrochener Jesuherzen läge, alle um seinetwillen gebrochen, eins nach dem andern. Die Katze hat sieben Leben, dann ist's aus, Schluß mit dem Mäusefangen, dem Krallenwetzen und Miauen. Fritz, der Kater, war beim siebten angelangt. Vielleicht. Wer eine Katze am Schwanz packt, gibt ihr ein Leben zurück, damit sie sich nachts auf die Brust des Kindes setzen und mit den krallenbewehrten Pfoten zuschlagen kann. Wer an einem gebrochenen Herz Jesu lutscht, macht sich der Sünde wider den Heiligen Geist schuldig. Wer das Herz Jesu bis auf den weißen Zuckergrund mit der Zunge durchlöchert, wird zum Eisvogel, der nie mehr zu sich zurückkehrt und alle Jesuherzen auf den hohen Berg tragen muß, wo der Silberpfahl unterm Mond aufragt und leuchtet und zustößt, bis der Schleim im Mund zuckrig wird und Herzjesu lacht, wenn der Eisvogel nicht in das Land des Anfangs zurückkehren kann.

Frieda Kenel schob Daskind durch die Menge, der Kirche entgegen, wo bald das Hochamt mit einem jubelnden Kyrie eleison, aus Hunderten geübter Mönchskehlen und vollen Mönchsherzen gesungen, beginnen sollte. Da Daskind nicht gefrühstückt hatte, weil man danach den Leib Jesu nicht empfangen durfte, wurde ihm vom Gedränge, Geschiebe und den vielen Düften leicht schwindlig, so daß es sich an Kari Kenel festhalten mußte. Die wogende, jetzt allmählich verstummende Menschenmasse näherte sich dem Hauptportal der Barockkirche, zäh und beharrlich zerteilte sie die schwere, zuckerschwangere Luft, der sich nun ein scharfer, animalischer Geruch nach Krankheit, Angst und Sorge beimischte. All die dichtgedrängten Leiber verströmten eine schreckliche Gegenwart voller Leid, Schmerz, Todesahnungen und Jenseitsängsten, aber auch Eitelkeit, Neid, Mißgunst und Selbstsucht. Daskind hielt den Atem an, um nicht daran zu ersticken. Es paßte auf, daß die Schatten nicht in es eindrangen und seinen Körper besetzten. Das hätte es nicht ertragen, all diesen traurigen Unrat, es hatte genug damit zu tun, in seinem eigenen Körper Ordnung zu schaffen. Rund um den schwarzen Stein, der es niederdrückte.

Während im Rücken der Menschenmenge noch immer die mählich dumpfer werdenden, schließlich fast drohenden Lockrufe aus den Verkäufermündern erschollen, stimmten die vordersten, die das Portal bereits berühren konnten, das Ave Maria an. Ein unbarmherziger Gesang ergoß sich in die Ohren des Kindes, das sich, vor Müdigkeit und Hunger kaum noch aufrecht halten konnte. Die

Menge brach aus ihrer Form, als die ersten in die Kathedrale eindrangen und sich, einander unwillig stoßend und schiebend, auf die Bänke verteilten. Es wurde an Rosenkränzen gefingert, während das Ave Maria zum Schlachtruf anschwoll und ein dumpfes Glück die Pilger ergriff. Selbst das Licht schien sich zu verändern, als die Gläubigen ächzend hin und her zu schwanken begannen und ihre Körper nach vorne drängten.

Und plötzlich fand sich Daskind vor der heiligen Jungfrau wieder. Die Luft war verwundet von Weihrauch und Schweiß, während das Ave Maria lauter und lauter wurde, schließlich als ein einziger Schrei durch die Kirche wogte, dann plötzlich verebbte. Als hätte eine göttliche Hand Einhalt geboten. Ohne die besten Plätze vor der Madonna zu verlassen, verrenkten die Männer und Frauen ihre Hälse, um das Geschehen vor dem Hauptaltar verfolgen zu können. Der Prior, gefolgt von einer Schar Mönche, stieg mit der goldenen Monstranz die Altarstufen hinauf und stellte sie auf die Mensa. Dann schlug er das Kreuz über ihr, und die Mönche begannen zu singen. Das Kyrie widerhallte von den stuckverzierten Wänden, auf der Empore antwortete den Mönchen ein Knabenchor. Ihre hellen Stimmen verdunkelte eine beklemmende Trauer, die sich auf die Menge übertrug. Auch auf Daskind, das vor der Madonna stand und die reichbestickten Gewänder bestaunte. Im trüben Licht der Kerzen leuchteten die bunten Perlen auf dem goldenen Brokatgewand. Über den Schultern hing lose ein weiter, mit Sternen übersäter Mantel aus blauem Samt. Die Madonna lächelte, dem Künstler war das schüchterne Lächeln einer scheuen Jungfrau vollendet gelungen.

Und mit einmal wurde ein leichterer Teil des Kindes aus seinem Körper gehoben und verließ so das Gefängnis schwärender Träume. Er verschwand im Lächeln der Madonna, das ein Licht war und wärmte und sich wie ein Vertrauen an den Teil des Kindes schmiegte, der aus seinem Körper gehoben wurde. Daskind, das der leichtere Teil eines Ganzen war, versuchte, sich im Lächeln der Mutter einzurichten. Es setzte sich in das Lächeln und vergaß, sich an den zurückgebliebenen, schweren Teil zu erinnern. Die Sterne fielen vom Mantel der Jungfrau, und eine Haut wuchs um Daskind, die in allen Regenbogenfarben leuchtete. Sternenhaut.

Dann stürzte Daskind seinem zurückgelassenen Teil entgegen. Es fiel aus dem Lächeln der Jungfrau durch die schwankende Nacht hinab. Daskind klammerte sich verzweifelt an den Mantel der Jungfrau, die jetzt nicht mehr lächelte und es abschüttelte wie ein lästiges Insekt. Daskind fiel in eine johlende, schreiende, jammernde, schwitzende Menschenmenge, dann tauchte der Immergrüne auf und griff mit blutverschmierten Klauen nach dem Kind, das entsetzt aufschrie.

Kari Kenel schüttelte Daskind, das wie ein Sack Steine an seinem Arm hing. Weil es nicht aufwachen wollte, bahnte er sich, nach allen Seiten Entschuldigungen murmelnd, einen Weg durch die mißbilligend gaffende Menge und trug Daskind aus der Kathedrale. Mit dem Kind auf den Armen setzte er sich auf den obersten Absatz der breiten Freitreppe, hilflos und unschlüssig, was mit dem Unglückswesen anzufangen sei.

Nachts darauf steht Daskind auf dem Acker. Das erlaubt kein Zögern, wenn eine wie die blonde Keller Marie listig – aber das darf Daskind nicht merken – rät, es vor dem Austreiben des Teufels durch Pater Laurentius doch noch mit frischem Kuhdung bei Vollmond zu versuchen. Hat ihr goldnes Haar nicht vom Teufel, die Keller Marie, ist also Verlaß auf ihre Verbundenheit mit Gott. Auf dem Gesicht verrieben, wirke er wahre Wunder, der Kuhdung, sagt sie, lacht mit einem Werweiß in den Augen. Da schleicht sich Daskind aus dem Haus, stolpert im weißen Hemd durch die Nacht und eilt dem Acker mit dem frischen Kuhdung in den Furchen zu. Dort steht schon Marie, ein dunkler Schatten am Rand des Ackers, in ein Schultertuch der Kellerin gewickelt.

Knie nieder, herrscht sie Daskind an, das sofort gehorcht, in die Knie geht und demütig den Kopf senkt. Ertrinkt nicht im Hohn, der aus den Augen der Blonden strömt, sieht nicht ins Gesicht über ihm, das hämisch verzerrt und bleich vor Gier auf den Scheitel des Kindes starrt, will nicht sehen, nicht hören, Daskind. Greift mit den Händen in den dampfenden Mist, verreibt ihn im Gesicht, verstreicht ihn über den Augen, verstopft sich die Ohren damit. Daskind stößt sich jetzt die Hand voll Mist mit einem gräßlichen Geheul ins Maul und würgt und kaut und krümmt sich im Schmerz, bis es sich erbricht.

Das Schlotterkind kehrt in das Land seiner Not zurück. Von Krämpfen geschüttelt, watet es durch ein Meer von Übelkeit zurück in die Gegenwart, die eine helle Nacht mit einer gelben Scheibe am Himmel ist.

Daskind blinzelt aus geschwollenen Lidern um sich. Keller Marie ist verschwunden, machte sich aus dem Staub, nachdem sie entsetzt das Wüten des Kindes beobachtet hatte. War nach Hause gerannt, in die Arme der Kellerin, die nicht wußte, woher das Mädchen kam und was es draußen in der mondhellen Nacht zu suchen gehabt hatte.

Im gelben Schein des Mondes müht sich Daskind auf die Füße, verspürt einen uralten Hunger im Leib. Der befiehlt ihm, sich auf den Weg zu machen, sich nicht um die Übelkeit und die stinkende Haut zu kümmern. Einfach zu laufen. Der uralte Hunger wird's richten, weiß Daskind. Dem eine Schuppenhaut wächst, die es schützt. Gottes verlorener Idee, denkt fiebernd Daskind, wird aus dem Hunger Heimat erstehen.

Die Luft im Haus ist vom Gestank nach Kuhdung geschwängert, als Kari Kenel erwacht und im Halbdunkel des Schlafzimmers verwundert nach den Uhrzeigern blickt. Das wird Daskind nicht mehr kümmern, die Schläge und die Tränen auf der nackten Haut. Das kann es jetzt einstecken, mit dem uralten Hunger im Bauch. Auch das Gelächter im Dorf, nachdem die Geschichte von Frau zu Frau gereicht wurde, von Mann zu Mann.

Hört es nicht mehr, hat seine Schuppenhaut, Daskind, der Teufelsbraten. Hört auch nicht Knobels Gebete zum Herrn, daß er Daskind erlöse, es lieber zu sich nehme, als es dem Teufel zu überlassen.

13

Kaum einer im Dorf, der das Geschick hätte aufhalten können. Das Geschick fühlt sich sicher geborgen im Kind. Das wandert mit dem kleinen Mut durch die Zeit, versucht nicht zu stolpern, wenn sich die Angst in den Weg stellt und Daskind verlacht, wenn es nicht aufpaßt. Das schreitet tapfer an den glühenden Augen vorbei, die aus der Dunkelheit leuchten und drohen, an den Nebeldrachen, Schrundenzwergen und Trollen, den grünzüngigen Wölfen. Und da ist keine Fee, die Daskind an der Hand nähme und es geleitete, am roten Gelächter vorbei und an den Krallen der Wegelagerer, denen mit den hämischen Tierfratzen, vor denen sich Daskind am meisten fürchtet. Aber da ist der Hunger nach Vergeltung, der ist nicht mehr wegzufürchten, der breitet sich aus im Kind und wird zur Nahrung, zum Zauberbrei, der nie zu Ende gegessen werden kann.

Daskind fand die Waldfrau tief im Wald. Sie schien mit den Bäumen verwachsen, schien selbst ein knorriger, vom Wind geschüttelter Baum zu sein. Der Sprache der Bäume mächtig. Daskind hörte sie lebhaft reden. Die Bäume antworteten, die Buchen mit hellen, singenden Stimmen, die wenigen Birken wisperten leise, die Tannen aber, die in den Himmel wuchsen, schickten ihre Entgegnungen in rauschenden Akkorden durch die Luft. Manchmal, so schien dem Kind, war ein glucksendes Lachen zu hören, das waren die Birken, die immer durcheinanderwisperten, einander ins Wort fielen, auch der Waldfrau.

Als die Waldfrau Daskind sah, winkte sie mit der Hand und hieß es näher kommen. Gerade so, als wäre es selbstverständlich, mit den Bäumen zu sprechen. Neben der Frau lag ein verschnürtes Tuch voller Kräuter, die sie gesammelt hatte. In einem Korb lagen matt glänzende Heidelbeeren. Daskind setzte sich mit gesenktem Kopf neben die Frau, die einen Geruch nach Wald, feuchter Erde und Schweiß verströmte. Daskind atmete den Geruch tief ein. Die Bäume hatten aufgehört zu reden, selbst die geschwätzigen Birken schauten stumm auf Daskind. Der würzig duftende Boden war mit einem komplizierten Geflecht unterschiedlich dicker Wurzeln überzogen. Über die Stränge balancierten schwarze Ameisen ihre Frachten, die oft das Vielfache ihres Körpergewichts hatten. Eine Ameise schleppte den Kadaver einer Wespe ab. Verbissen zerrte sie an dem sperrigen Tier und hielt es beharrlich in der Umklammerung fest. Selbst wenn sich das Ziel Zentimeter um Zentimeter verschöbe, sie gäbe nicht auf, sie liefe bis ans Ende der Welt, mit einem einzigen, aber unauslöschlich eingeprägten Auftrag, die Brut ihres Staates zu nähren.

Die Zeit schien sich in der Stille aus ihrem Gefängnis zu befreien. Eine Schar Spatzen tschilpte in den Zweigen. Ein großes Insekt verirrte sich auf die Ameisenstraße und wurde sofort eingekreist. Mit einer linkischen Drehung des schwerfälligen Körpers versuchte es, sich zu retten, zu spät, bereits griffen sie an, ein Heer Soldaten um den wehrlosen Eindringling, der nach wenigen Sekunden auf dem gepanzerten Rücken lag und hilflos mit den Beinchen zuckte. Gespannt beobachtete Daskind die Exekution des Käfers, immer in der Hoffnung, er möge sich befreien, einen Ausweg finden, selbst angreifen, die Killer einen nach dem andern zerquetschen. Daskind zitterte vor unerfüllter Erwartung, als die Waldfrau den Arm um seine schmalen Schultern legte und sich und Daskind beruhigend wiegte. Inzwischen hatten sich die Ameisen in die Weichteile des Käfers verbissen.

Scheinbar zusammenhanglos begann die Waldfrau dem Kind von einem Sturm zu erzählen. In England – die Waldfrau schob ein e zwischen das g und das l – seien viele Menschen in den Fluten ertrunken. Ob es wisse, wo Eng(e)land liege. Auch in Holland beklage man Hunderte von Toten. Während sie hier in der Harch kaum Wasser fürs Vieh hätten und sogar das Ried auszutrocknen beginne, stürben anderenorts Menschen in den Fluten. Da beginne mancher, sich zu versündigen und Gott zu verfluchen. Aber, das müsse sich Daskind fürs Leben merken, hinter allem Geschehen stecke tröstendes Nichts, eine sanfte Leere. Leben und Sterben folgten ihren eigenen Gesetzen, unnütz, sich an Gottes Rockschöße zu hängen. Gott sei eine unergründliche Macht, die man weder in wallende Gewänder stecken noch mit Altväterbärten versehen könne. Diese Macht sei in ihm, dem Kind, ebenso vorhanden wie in dem bedauernswerten Käfer hier oder den Meeresfluten in

Eng(e)land, in der vollkommenen Architektur eines Ameisenhaufens wie in dem Durcheinander, das ein Sturm anrichten könne. Der Gott der Kirche, von Pfaffen heraufbeschworen, sei nichts als ein jämmerlicher Betrug, der die Menschen wie alle Kreatur herabwürdige. Das Göttliche verfolge keinen Zweck und bedürfe keiner Erklärung. Auch keiner Liebe, zumindest nicht jener, die uns vom Pfarrer verordnet wird. Wer Leben zu leben lernt wie die Ameisen, die Schmetterlinge oder die Bäume hier, vermißt keinen Gott, dessen Existenz er sich täglich vergewissern muß.

Daskind hatte zugehört, ohne zu begreifen. Es lauschte der dunklen, etwas rauchigen Stimme. Die Stille im Wald war jetzt ein flüssiger, heller Mantel, der sich über Daskind ausbreitete und es wärmte. Es ahnte, daß man in einem Moment das Leben fühlen und im nächsten Augenblick gestorben sein kann. Die Frau schaute mit ruhigen Augen vor sich hin. Ihr merkwürdiges Gesicht, die ganze merkwürdige Gestalt glich immer mehr einem alten, knorrigen, etwas schief gewachsenen, vom Wind zerzausten Baum. Der kurze, gedrungene Körper steckte in der lächerlichsten Kleidung, die Daskind je gesehen hatte. Ein enges, schmutziggraues Männerunterhemd klebte an den großen, hängenden Brüsten und endete knapp über den fleischigen Wülsten, die sich rund um die Taille zogen. Die runzlige Haut war übersät von Altersflecken, Kratzern, entzündeten Stellen, wo die Kratzer nicht sofort verheilt waren. Über dem linken Schulterblatt zeichnete sich ein kleiner

133

Buckel ab. Eine knapp unter den Knien abgeschnittene Arbeitshose starrte vor Dreck. Weil die Frau mit angezogenen Beinen auf einem Baumstrunk saß, waren die fleischigen, unförmigen Knie zu sehen. Eine bläulich schimmernde Narbe zog sich am rechten Schienbein hinab zu einem unnatürlich breiten, aufgeschwollenen Fuß. Das schmutzige Weiß der Haut kontrastierte mit dem Braun der weichen, mit unzähligen Adern und Äderchen überzogenen Hände, die ruhig auf den Knien lagen. Die Hose wurde um die Taille mit einer mehrfach zusammengeknüpften Schnur zusammengehalten.

Das Merkwürdigste aber war nicht der mißgestaltete Körper, sondern das Gesicht der Frau. Der kleine, runde Kopf ruhte auf einem muskulösen Hals, dessen Hautfalten kranzförmig über den Nacken fielen. Ein paar spärliche graue Strähnen klebten am vollendet geformten, zierlichen Schädel. Über den Jochbeinen spannte sich die straffe, vom Alter noch unberührte Haut eines Kindes. Fleischige Lippen wölbten sich über schadhaften Zähnen. Unter dünnen Brauen schützten wimpernlose Lider die Augen. Augen, hell wie Sand, mit einem kaum sichtbaren Schimmer von Blau, der sich bei gewissen Wetterlagen verdunkelte und die Sandfarbe verschluckte. Die Augen waren rund wie die einer Eule, die Augäpfel flach, als hätten sie die Zeit und das Sehen abgenutzt. Die tiefsitzenden, schöngeformten Ohren mit den spitz zulaufenden Ohrläppchen verrieten eine fortdauernde Spannung, als würde die Waldfrau noch im Ruhen, ja im Schlaf auf die Geräusche des Waldes lauschen, als wären sie komplizierte Gefäße, die keinen Tropfen der täglichen Botschaften vergeuden wollten.

Nein, die Waldfrau war keine mehr aus dem Dorf. Die hatte alles abgestreift, was sie an die menschliche Gemeinschaft hätte binden können. Ihr Körper hatte sich aus der Form gebrochen, war zugleich Wald geworden und Gnom, der in verschiedenen Welten lebte. Daskind mochte den spöttischen Blick aus ihren sandfarbenen Augen, wenn sie vom Dorf sprach, von den Dorfleuten. Dann atmete Daskind freier. Für ein paar Stunden schien das Dorf nicht wie ein bewaffnetes Heer zum Kind vorzurücken, um es aufzuspießen. Zu rädern. Dann hatte Daskind eine Atempause, strich sich den Dreck vom Herzen, den andere darauf geschmiert hatten. Dann kam es vor, daß Daskind lächelte. Ja.

Auch dieser Tag nimmt sein Ende.

Mit einer besonders netten Überraschung des obersten Regisseurs. Des Vielnamigen. Der heute Schätti heißt. Dem Daskind am Bach begegnet und staunend den Sack betrachtet, der da am weitausgestreckten Schättiarm seine wilden Sprünge vollführt.

Den tanzenden Mehlsack am Arm, schreitet Schätti den Bach ab. Beim Brühl, einer sumpfigen, morastigen Stelle, die mit Gebüsch überwachsen ist, bleibt er stehen. Hier hat das Geröll den Bach zu einem kleinen See aufgestaut, gerade tief genug, daß die Kinder des Dorfes darin ungefährdet baden können. Wollblumen schimmern im schwarzen Morast. Im Hochsommer blühen dort gelbe und blaue Sumpflilien, manchmal, bei besonders hellem Morgenlicht, umgibt eine goldene Aura den kleinen See.

Vorsichtig watet Schätti mit seinem Sack durch den Sumpf zum See. Seine großen Stallschuhe zertreten die Wollblumen. Der Sack baumelt jetzt ruhig am Schättiarm, als sei er nach den heftigen Tänzen ermüdet, verstummt. Eine Amsel warnt zeternd im Gebüsch.

Daskind hält den Atem an, als das klägliche Miauen der Kätzchen die Luft erfüllt. Schättis Augen haben den Ort abgesucht, die freie Schättihand hat entschlossen nach einem Stein gegriffen, mit dem Stein den Sack beschwert. Geht das Wimmern und Miauen in ein gurgelndes Kreischen über, dann in schrille Todesschreie, als das Wasser den Sack erst aufbläht, schließlich zur Gänze füllt. Daskind, blind vor Schreck, sieht mit seinem inneren Auge die weit aufgerissenen Katzenaugen und Mäulchen, ertastet die Katakomben der Atmungswege, vom Leben freigespült, das nasse Fell, die im Todeskampf verkrampften Katzenpfoten. Diese jählings unterbrochene Lust aufs Leben, im See ertränkt. Da ist der jagende Pulsschlag unterm klatschnassen Fell und das winzige Herz am Versteinern. Da modert's bereits unter dem Fell und stinkt faulig ob dem erlittenen Tod. So wird das schreckensblinde Kind in den Tod der Katzen gestoßen, kann wehren, soviel es will, ohne Erfolg.

Kann die Angst als säuerlichen Schleim auf der Zunge spüren. Nützt nichts, das Aufdiezungebeißen, nützt nichts, das süße Blut auf der Zunge, kann die Angst nicht vertreiben und nicht den schwarzen Geruch der Gewalt. Da ist kein Halten mehr im Sturz, fängt keiner Daskind auf, das fällt und fällt und zwischen den kleinen Leichen aufschlägt. So ist's mit der blauen Zeit und dem Hoffen. Das kann nicht dauern, wenn ein Schätti mit seinem Tun Daskind erschreckt. Dann ohne Sack aus der Waldwelt verschwindet. Sechs Leichlein im Wasser zurückläßt, die Daskind mit einem langen Stecken aus dem See fischt und aus dem Sack holt, eins neben das andere legt, alle mit dem Kopf zum Waldinnern, wo die Waldfrau lebt mit ihren Kräutern. Mit ihren Waldtieren, denen sie nicht ans Leben will. NichtandieLust.

Trocknen die Fellchen an der Sonne. Ohne Sinn. Können nie mehr seidig glänzen, sich nie mehr sträuben. Sich nie mehr belecken lassen, vom Heu berühren, von der schmierigen Wärme des Asphalts vor Schättis Hof, der sich in seiner Küche mit körniger Seife die Hände wäscht. Mit ruhiger Stimme die Frau bittet aufzutischen. Nicht in die Augen der Schättikinder zu schauen wagt.

Da drückt Daskind zu, eins ums andere Mal, bis aus den Katzenmäulern zähflüssig ein brauner Saft fließt. Bis der Tod aus den Augenhöhlen bricht und noch einmal Hochzeit feiert. Mit dem vom Schrecken belagerten Kind. Das muß es tun, Daskind. Sich dann lange Zeit hinlegen, neben die Katzenleichen legen, das Gesicht dem Wald zugewandt und der Waldfrau mit den Lebenskräutern im Tuch und den Wörtern aus Licht. Ein Vortod ist das, wie immer, wenn dem Kind saurer Schleim in die Zungenporen dringt und es einen Sinn schaffen muß, dem ein Trost folgt in aller Not. Aber schwerer und schwerer fällt es dem Kind.

14

Vor dem Gartentor von Kari Kenel hatte sich eine kleine Menschentraube gebildet. Die Freudenstau allen voran, drängte eine Schar Frauen in den Garten, zwängte sich grimmig entschlossen an den verblühenden Rosensträuchern vorbei über die Plattenwege zum Garten hinter dem Haus. Frieda Kenel stand unter der Haustür, das knochige Gesicht wechselte von Scharlachrot zu Grau, von Grau zurück zu Scharlachrot, eine Schamröte, die sie nicht etwa verjüngte, nein, an der sie zu altern schien. Hilflos erwiderte sie Grüße und Zurufe. Fast schien es, als hätte sie ohne die Stecknadeln zwischen den zusammengepreßten Lippen keine Macht über ihren knochigen Körper, als hielten sie nur die Nadeln aufrecht. Überdies brachte der Rummel ihren Alltag aus dem Gleis, da sie sonst zu dieser Vorabendstunde in der Küche hantierte, das Nachtessen vorbereitend, das auf dem Tisch zu stehen hatte, wenn Kari Kenel mit der Mostflasche in der Hand unter dem Türrahmen stand.

Frau Kellers sonst eher träge Glubschaugen verwieselten sich fast vor Neugierde, während ihr Gatte, der einzige Mann in der ungebetenen Gästeschar, unruhig den Garten beäugte, als wären ihm die zum Trocknen aufgehängten Bohnen, die peinlich sauber gerechten Kartoffelbeete ein Dorn im Auge. Beim aufgeschichteten Brennholz entstand ein kurzer Tumult, weil die Freudenstau dem Kater Fritz auf den Schwanz trat und dieser, empört über den Schmerz und die Unruhe, laut kreischend mit den Krallen zuschlug, ehe er fauchend in den Zweigen der Blautanne verschwand. Im Alter war Fritz bösartig geworden, er biß dann und wann in fremder Leute Fleisch, kratzte die Kinder blutig, daß man den Doktor holen mußte. Aber Kari Kenel brachte es nicht übers Herz, ihn abzutun, wie man das nannte, wenn man ein Tier erschlug, es vergiftete oder es mit einem gezielten Nackenschuß niederstreckte. Abgetan wurden nicht nur Katzen, verwilderte Hunde, sondern auch alte Gäule, Kühe, die an der Maul- und Klauenseuche erkrankt waren. Das für Menschen verwertbare Fleisch hingegen wurde nicht abgetan, man schlachtete es, nahm den Kadaver aus. Unterschied zwischen Vorder- und Hinterschinken, zwischen Siedfleisch und Braten, den Innereien wie Herz, Lunge und Niere. Man hängte Speckseiten in die Räucherkammern, machte aus dem weniger wertvollen Fleisch Würste, die dann, weil bei solchen Anlässen auch der Schnapsbrenner im Dorf seine Arbeit tat, auf den Resten des zu Träsch verarbeiteten Fallobsts gewärmt wurden. Dabei wurde viel gesungen und gesoffen. Rauhe Lieder, die sich mit den Unterleibern des Wybervolks beschäftigten. Die besungenen Frauen buken schwarzes Brot und zogen nach getaner Arbeit Sonntagskleider an.

Der Aufmarsch in Kari Kenels Garten galt einem Bäumchen, das kein hiesiges war. Vor einer niedrigen Rosenhecke, die Kenels Grundstück vom Nachbargarten trennte, stand es und trug die ersten reifen Früchte: Feigen, Früchte, die im Dorf noch keiner gesehen, geschweige denn gekostet hatte. Man aß, was die heimische Erde hergab, fremder Erde war nicht zu trauen.

Wie ein Lauffeuer hatte sich die Nachricht verbreitet, daß Kari Kenels sorgsam gehegter Baum, den er, seine Herkunft verschweigend, unabsichtlich mit Geheimnissen umgab, Früchte trug. Es war die Kellerin, die, aus dem Küchenfenster schauend, einen freien Blick auf Kenels Garten und deshalb mit einer gewissen gehässigen Vorfreude die Ladengäste zusammengetrommelt hatte, um dieses fremde Gefräß gemeinsam aus der Nähe zu begutachten. So stand man nun um den schlanken Stamm des jungen Feigenbaums, dessen Früchte im warmen Licht fast schwarz aufleuchteten und schon am Baum zu saften schienen. Vor Jahren hatte Kari Kenel den jungen Schößling in die Harch gebracht, ein Geburtstagsgeschenk für Frieda Kenel, die aber nur mißbilligend die Augen zusammenkniff und sich mit einer wegwerfenden Handbewegung dem Herd zuwandte. Fremdländisches Gelump, hatte sie gemurmelt, was hat ein Feigenbaum in der Harch zu suchen. Aber Kari Kenel hatte den Schößling wie seinen Augapfel gehütet. Die verletzende Ablehnung seiner Frau beirrte ihn nicht. Herbst für Herbst bog er den jährlich stärker werdenden Stamm zu Boden, beschwerte ihn mit Steinen und bedeckte dann das Bäumchen mit Stroh und Erde, um es vor dem Erfrieren zu bewahren. Angstvoll scharrte er es nach den letzten Frösten frei und gab ihm eine Stütze.

Er suchte die fingerförmig gelappten Blätter nach Parasiten ab und beschnitt die aus der Erde sprießenden Neutriebe, damit der junge Stamm unbehindert in die Höhe wachsen konnte. Da die Kulturfeige oft nur weibliche Blüten hervorbringt, hatte Kari Kenel begonnen, Zweige wilder Feigen in den Baum zu hängen. Er holte sie aus dem Süden des Landes und versuchte vergeblich, Frieda Kenel den Sinn der langen Reise zu erklären.

Und nun also, nach zweimaliger, eher armseliger Blüte die ersten reifen Früchte. Andächtig hatte Kari Kenel vor dem Gang zur Arbeit eine der Früchte gepflückt und sie sorgsam auseinandergebrochen. Da lag es in der warmen, weichen Schale, das rosarote Fleisch, der Saft benetzte seine Finger, mit dem süßen Duft kam das Heimweh nach den Weiten Idahos. Wo nachts die Wölfe heulten, daß man eine tiefe Sehnsucht spürte, ihr Bruder zu werden, es ihnen gleichzutun, mit den geschmeidigen Gefährtinnen zu spielen, hoch oben in den Bergen. Den Hunger nach dem warmen Fleisch der Frauen, das man um sich haben, in das man eindringen möchte, zu stillen.

Kari biß in die halbierte Frucht, und in seinem Mund vereinte sich das Heimweh nach jenen Weiten mit einem betäubenden Begehren.

Die Freudenstau griff hastig nach einer Feige. Zu grob. Sie platzte in der Hand, verlor unter dem Druck ihre Schönheit, verwandelte sich in eine häßliche, schmierige Masse. Angewidert schob Kari Kenel die Frau beiseite, weg von seinem Baum, den die Störschneiderin Frieda Kenel nicht haben wollte. Ein Grinsen zog über Kellers Gesicht, als die Freudenstau vorsichtig das Fleisch und den Saft von den Fingern leckte. Unversehens riß er ein Feigenblatt vom Baum und drückte es der Freudenstau auf den dürren Hintern. Die stieß einen empörten Schrei aus, die andern Frauen kicherten verschämt, um bei Frieda Kenels Anblick sofort zu verstummen. Ein betretenes Schweigen entstand. Kari Kenels Baum hatte an die uralten Geheimnisse um Lust und Begehren gerührt.

Daß einer im Dorf unaufgefordert eine Rede hielt, kam nur vor, wenn einer an einem Fest zu viel getrunken hatte. Wenn also Kari Kenel in völlig nüchternem Zustand zu reden begann, kam dies einer Verletzung der Dorfgesetze gleich, denen sich allein der Pfarrer nicht zu beugen hatte. Aus dem betretenen Schweigen wurde ungläubiges Staunen: Nie zuvor hatte Kari Kenel von seiner Zeit in den Bleiminen erzählt. Nie von den trockenen Hochlandweiden, von den Rocky Mountains mit ihren dichten Wäldern, in denen es noch Bären, Kojoten und Berglöwen gab. Er erzählte von dem großen Fluß, der nach Lust und Laune träge seinen Weg ging oder als ein reißendes Ungeheuer die Steppe überflutete. Snake River, Kari ließ den Klang auf der Zunge zergehen. Er sprach vom Heulen der Wölfe, von tagelangen Ritten über die Prärie, vom beißenden Geruch der Bleiminen von Idaho und blinzelte bei hellem Tageslicht, als müßte er sich durch das Halbdunkel der Stollen tasten. Verstrickt in seine Erinnerungen, bemerkte Kari Kenel nicht, wie sich seine Zuhörer, erst der Keller und die Kellerin, dann die andern Frauen, eine nach der andern, davonmachten. Sie schlichen sich weg, schweigend, peinlich berührt von den Worten und dem nackten Gesicht, das, seiner Maske beraubt, einen Abgrund voller Sehnsucht, Entbehrungen, Heimweh und Haß offenbarte. Redend rettete sich Kari Kenel über diesen Abgrund, baute eine Wortbrücke, die ihn heil in die Zeit, die war, zurückbrachte, während die Dorffrauen kopfschüttelnd den Garten Eden verließen, den sich Kari mit dem Feigenbaum geschaffen hatte. Er redete weiter, hatte jetzt nur noch eine Zuhörerin, Frieda Kenel, geborene Rüegg, der seine Rede wirklich galt. Die Worte kamen unbeholfen aus ihm heraus, doch seine Stimme wurde weich und rund, bis ihr Klang dem der Maultrommel glich, jenem melancholischen, etwas dumpf tönenden Instrument, mit dem er sich in Idaho die Einsamkeit vertrieben hatte. Nur einmal wollte er sie erreichen, die Frau, mit der er Bett und Tisch teilte. Ihr von einem Glück erzählen, das zweier Menschen bedarf. Sich aus der Erstarrung retten wollte er, mit ihr an der Seite. Ausbrechen wollte er, aus der Umklammerung eines engen, kleinlichen Dorflebens, wenigstens hier, in den schützenden Wänden seines Hauses. Vorsichtig pflückte er eine Feige vom Baum des Begehrens und reichte sie der Frau mit einer schüchternen Geste. Aber keine Sehnsucht ist so stark, als daß sie nicht gemordet werden könnte. Frieda Kenels Hand, einen Augenblick ausgestreckt, als wolle sie die Frucht entgegennehmen, zog sich ruckartig zurück. Mit einem häßlichen Flutschen barst die dunkle, mattglänzende Frucht zu seinen Füßen. Mit ihr barst die Sehnsucht. Seine Seele wurde seicht, mit seichten Seelen läßt sich das Leid eher ertragen.

Einen kurzen Atemzug sah Frieda Kenel in Karis Abgrund. Das hätte er ihr nicht antun dürfen, nicht ihrem ausgetrockneten Schoß, der, vom Saft der Feige benetzt, zu pochen begann. Nicht dieses jähe Erwachen nach Jahren der Standhaftigkeit. Auch in ihr war Erinnerung lebendig. Erinnerung an die Zeit der Hoffnung auf die Fruchtbarkeit ihres Schoßes. Da war sie vor der Mutter Maria gekniet, hatte gebetet und gefleht, hatte im Beichtstuhl alle ihre Sünden bekannt, die begangenen und die nicht begangenen. Aber ihr Körper wollte nicht empfangen, wollte nichts hervorbringen, blieb leer und unfruchtbar trotz der Gebete. Herr, Herr, warum hast du mich verlassen.

Versündige dich nicht, hatte Pfarrer Knobel drohend durch das Trenngitter des Beichtstuhls geflüstert. Gottes Wege sind unerforschlich, nicht an uns liegt es, sie zu ergründen. Dersegenseimitdir.

Dersegenseimitdir ließ ihren Schoß austrocknen, wie es die Kirche befahl. Mit der verlorenen Hoffnung auf ein Kind sprach die Kirche Frieda Kenel auch das Recht auf die Lust ab. Fortan wehrte sie jedem Begehren, dem eigenen wie dem des Mannes, leidvoll zuerst, dann störrisch, bis ihr Körper schwieg.

Das rosaschimmernde Fruchtfleisch verströmt seinen süßen Duft. Herr, erlöse mich von der Versuchung, dröhnt es in ihrem Kopf. Sie sieht den Mann müde davongehen, dem sie sich nicht hingeben darf, will sie nicht der Verdammnis anheimfallen. Gottes Auge ist überall, auch im Gehirn, dem gequälten, und im Weiberschoß, dem vernachlässigten. Herrjesses, singt Frieda Kenel mit allen andern in der Dorfkirche, erlöse uns von dem Übel.

Nach dem Nachtessen schleicht sich Daskind hinters Haus. Weiß nichts vom unausgesprochenen Verbot. Du sollst dich nicht am Baum der Erkenntnis vergreifen. Sieht nicht die Schlange im Geäst des Baumes, pflückt die süße Frucht, will sie später allein im großen Bett aufessen. Allein. Aber das ist ein vertrackter Tag bis spät in die Nacht. Wird wieder und wieder getan, was nicht getan werden dürfte.

In der Kammer des Kindes.
Hat Daskind die Vorsicht verlassen.
Hat Daskind den Pensionisten vergessen.
Den Immergrünen im Grünenzimmer:
Diebin, kleine, dir werden wir's zeigen, ich und mein silberner Gesell. Das kann nicht schaden, so ein silberner Pfahl im Schoß, gsund isch's, und Bsitz isch Bsitz, Feigenkind. Dir werd' ich das Würgen und Wimmern verleiden. Still hat's zu sein in der Kammer, wo kämen wir hin, wenn's von den Wänden zurückschrie und Kari die Ohren aufrisse, der Schlappschwanz drunten in der Ehekammer mit der Frau, mit der er nicht darf. So eine müßte mir kommen mit Nichtdürfen, der

würd' ich den Bauch aufreißen, heja, schön den Mörser ins Töpfchen. Hast's so gewollt, Feigenkind, es wollen's alle, sagen nur nein, stellen mit Bitten und Betteln den Pfahl auf den Prüfstand. Aber ich bin der Herr, das Prüfen ist mein, geprüft wird mit kundiger Hand, die kleinen Lippen, den Schoß sucht sie ab nach den Köstlichkeiten, süß wie Feigen, warm von Sonne, da soll einer kommen und es verwehren. Bald hast du's geschafft, Feigenkind, den silbernen Gesellen zur Strecke gebracht, brav, Gutkind, nicht aufgeben, Würgen hat keinen Zweck, ist nur Zeitverschwendung, jetzt wird nicht schlappgemacht, wie der da unten schlappmacht bei der Frau, mit der er nicht darf. Tiefer, tiefer, hast noch andere Kammern für den Gesellen, der will's abwandern, das kleine Fleisch, reiß dich zusammen, damit wir dich aufreißen können, uns ist der Sieg. Jetzt stillhalten, Feigenkind, jetzt kommt die Schlußfeier, fühlst's warm werden, Rehlein, zittern die nassen Flanken vom Tod, der es reitet, so daß es dem Pensionisten noch wärmer um die Lenden, packt zum Abschluß noch einmal zu mit den Pranken, knirschen nicht nur die Pensionistenzähne, knirscht das Geknöche unter ihm, und ab geht's zum Flug.

Geschafft.

Nun dürfen die Feigen fallen. Dürfen am Boden verfaulen. Frieda Kenel zählt die Früchte, beobachtet eifersüchtig den Fäulnisprozeß. Keine wird verschont. Stilles Einvernehmen zwischen der Frau und dem Mann. Für den Rest der kommenden Jahre ist Ordnung eingekehrt. Auf den Obsthurden im Keller lagern winterharte Äpfel. Die werden in den kalten Monaten im Ofen gebraten. Im Frühsommer kommen Kirschen auf den Tisch, dann die Zwetschgen und Birnen.

15

In der Vollmondnacht schleicht der Werwolf durchs Dorf, sagen die Mütter. Streichen den Mädchen die Röcke straff über die Knie.

Wer mit der linken Hand ißt, schreibt oder andere an den Haaren zerrt, dem beißt der Werwolf die Schamhand ab.

Wem zwei Wirbel im Haar in die Wiege gegeben wurden, ist ein Werwolf.

Denken die Paten bei der Taufe an Werwölfe, wird der Täufling ein Werwolf.

Wer vor dem Kirchenportal drei schwarze Kotkugeln findet, muß sich vorsehen.

Wer einen Werwolf erkennen will, gebe ihm eine Wolfskirsche in den Branntwein. Bleibt er am Leben, ist der Verdacht bestätigt.

Wer sich mehr als andere den Rücken an einem Pfosten kratzt, ist ein Werwolf. Auch zusammengewachsene Augenbrauen, besonders schwarze, sind ein sicheres Zeichen.

Menschen mit Werwolfsnatur werfen sich ein Wolfshemd über und können dann eine gewisse Zeit als Wölfe ihr Unwesen treiben.

Wer vom Werwolf verschont wird oder gar mit ihm anbändelt, trägt als Zeichen den Teufelsbiß, meist ein rotes Mal in der Halsgegend. Er kann durch wiederholte Segnungen und kirchliche Bußen geheilt werden.

Stirbt ein Werwolf, sollten die Erben auf seine Besitztümer verzichten und sie verbrennen oder sie der Kirche und den Armenhäusern überlassen.

Wer mit einem Werwolf tanzt, verliert drei Tage später alle Haare.

Werwölfe scheuen das Weihwasser. Wer einem Werwolf begegnet, soll sich während drei Tagen dreimal gründlich mit geheiligtem Wasser waschen und dazu drei Vaterunser beten. Denkt er dabei an den Werwolf, muß er die Waschungen so lange wiederholen, bis es ihm gelingt, nicht mehr an ihn zu denken.

Einen Menschen mit Werwolfsnatur erkennt man an seinem schleichenden Gang.

Begleitet ein Werwolf den Fronleichnamszug, stirbt das nächstgeborene Kind.

Werden einer Schwangeren drei Schwanzhaare einer verendeten Kuh unters Kissen gelegt, bringt sie einen Werwolf zur Welt.

Stößt eine Kuh während dem Melken dreimal gegen den Milcheimer, kündigt sich der Werwolf an.

Verliebt sich ein Mädchen in einen Werwolf, kann sie sich retten, indem sie sich Gott weiht und Christi Braut wird.

Hat ein sehr junger Mensch eine Werwolfsnatur, soll man ihn drei Tage und Nächte, ohne Trank und Nahrung, an Händen und Füßen auf ein rohes Brett fesseln und zu mehreren über ihm beten, ohne dabei das Wort Werwolf zu denken.

Erkennt man einen Werwolf, der Unheil gestiftet hat, treibe man ihn mit Peitschen und Knüppeln durch die Straßen und rufe laut schreiend Gott an. Bricht er zusammen, hat Gott ihn vom Leiden erlöst.

Kinder schützt man vor dem Werwolf, indem man sie bei Vollmond mit geweihten Stoffstreifen ans Bett bindet.

Wird einem Kind während dem Hochamt schlecht, ist das Kind entweder selbst ein Werwolf oder aber einer seiner Elternteile. Werwolfkinder sind an ihrer Verstocktheit zu erkennen.

Sind in einem Dorf mehrere Werwölfe am Werk, hole der Pfarrherr das Vortragekreuz aus der Kirche und gehe, begleitet von seinen Rauchfässer schwingenden Ministranten, der gläubigen Gemeinde voran durchs Dorf, um es zu segnen und mit Gebeten vor dem Bösen zu bewahren.

Verstört beobachtet Mario Romano das Treiben vor dem Schaufenster seines Coiffeursalons. Einer wie Romano, ein Fremder aus dem Süden, der hier sein Glück suchte und, was den Geldsäckel angeht, auch fand, hat gut zu beobachten gelernt. Für einen Zugereisten gilt es täglich, sich vorzusehen. Mario Romano lebt vorsichtig, sparsam im Umgang mit Sicherheiten, an die er ohnehin nicht recht glaubt, vom Zweifel verzehrt, das Richtige mit Unrichtigem vertauscht zu haben. Sein Leben ist voller Risiken und Fallen, in die man irgendwann hineintappen wird. Sein angegrauter Schädel ist freundlich geformt, ein Apfelrund, mit roten Wangen. Mit den Jahren hat sich der ganze Körper diesem freundlichen Schädel angepaßt, ist ihm gleich geworden, rund und freundlich, und Mario Romano hat auch für seine Kundinnen und Kunden nur freundliche Worte übrig. Bei aller Freundlichkeit blieb er reserviert. Nichts von dem, was in seinem Kopf vorging, fand den Weg nach draußen. Unverdrossen hatte er den einheimischen Dialekt erlernt, um jede ihm noch so unverständliche Bemerkung bejahend quittieren zu können. Einem Fremden, das wußte er, stand es nicht zu, Widerspruch anzumelden, die Einheimischen zu korrigieren. Das hatte ihm, zwanzig Jahre früher, sein Vater in Sizilien eingebleut. Ein Zugereister wird an seinem Betragen gemessen, das dem der Einheimischen aufs Haar angeglichen werden mußte, auch wenn man dabei immer der Ausländer blieb.

Mit dem Erwerb des Ladens verschwand Marios ausgelassene Fröhlichkeit. Er lernte, sich wie die Einheimischen zu kleiden, in Grau, bis man unsichtbar wurde und in der Dorfgemeinschaft aufging wie ein grauer Stein unter grauen Steinen. Die bunten Hemden und Krawatten verschloß er im Koffer, der ihn auf seiner langen Reise weg von der Sonne Siziliens in das feuchte Grau der Harch begleitet hatte. Nie würde er sich an diesen klebrigen Nebel gewöhnen, der ihm morgens, wenn er den Laden öffnete, das Atmen zur Qual machte. Unter Aufbietung aller Kräfte gelang es ihm, diesen Widerwillen in sich zu verschließen, nicht mehr, wenn Kunden im Laden waren, an das gleißende Licht seiner Heimat zu denken. Um so beflissener hörte er sich die Klagen, die Gifteleien und Gehässigkeiten der Dorffrauen an, glitt für Augenblicke mit einem devoten Jafraukeller, Gewißdochfräuleinfreudenstau in ihr Bewußtsein, so daß sie genötigt waren, erstaunt die Brauen zu heben und seine Gegenwart zur Kenntnis zu nehmen. In der Kirche besetzte er den Platz in der hintersten Bank. Obwohl durch Fleiß und mangelnde Konkurrenz wohlhabend geworden, konnte er sich diese Bescheidenheit nicht abgewöhnen. Freundlich wich er in den Rinnstein aus, wenn ihn Hiesige kreuzten, und in Kellers Kolonialwarenladen ließ er sich als letzter bedienen. Je rosiger seine Hautfarbe wurde und sein Körper unter dem Einfluß der fetten einheimischen Kost in die Breite ging und aufquoll wie ein tagelang gewässerter Stockfisch, verschwand der hagere, fröhlich singende Junge aus den sizilianischen Bergen und nahm auch die Stimme mit, einen hellen, jauchzenden Tenor, den er nach seiner Ankunft dem Kirchenchor zur Verfügung stellen wollte, ohne dafür Dankbarkeit zu ernten. Nur ein tiefes Mißtrauen und ein Vielkopfschütteln; was ahnte der von den ernsten Gesängen, die in Kirchen zu singen sind, will man dem Gehörnten Paroli bieten.

Auf den ersten Blick glaubte Mario Romano, Zeuge einer religiösen Zeremonie zu sein, von deren Existenz er trotz seiner langen Jahre in der Harch nichts wußte. Er verwarf den Gedanken sofort. Vielleicht ein Volksbrauch, der nur alle zehn Jahre einmal gefeiert wurde. Aber was sich vor Mario Romanos schwarzen Moosaugen abspielte, war weder eine religiöse Zeremonie noch ein Volksbrauch. Eine finster blickende Menge wälzte sich im nassen Schneetreiben durch die Straßen und drängte verbissen der Kirche zu. Stumm schoben sie sich gegenseitig vorwärts, die Hälse bedrohlich vorgestreckt, wie vor einer Auseinandersetzung, aus der sie in jedem Fall als Sieger hervorzugehen entschlossen waren.

Im Zentrum der Gruppe verloren Daskind: Im harten Griff der Kellerin stolperte es dahin, stumm versuchte es, mit den Frauen Schritt zu halten. Über seinem Kopf schwappte ein Meer von schrillen Wörtern, deren Sinn es nicht verstand.

Mario Romano schüttelte ratlos den runden Kopf, weil er sich keinen Reim auf das machen konnte, was er sah: In der Hand, die nicht Daskind festhielt, schwang die Kellerin hämisch einen alten, vor Nässe triefenden Wolfspelz. Immer wieder wies der spitze Finger der Freudenstau anklagend auf die Trophäe, während sie, JessesMariaundJosef murmelnd, vorwärtsstöckelte. Die Frauen gingen voran, einige ohne Mantel, als hätten sie, von einem Unglück überrascht, das Haus kopflos vor Schreck verlassen. Am Ende des Zuges trotteten ein paar Männer mit, als seien sie versehentlich in die Prozession geraten, die Daskind in die Kirche begleitete.

Auch Mario Romano schloß sich dem Zug an. Er wollte wissen, was da vor sich ging. Gestern noch hatte er dem Kind die Haare geschnitten, auf Geheiß der Kenel besonders kurz. Daskind hatte auf seinem Stuhl geweint, was den weichherzigen Mario die Schere nicht gar so mitleidlos führen ließ. Zur Strafe schickte die Kenel Daskind mit einem Zettel zurück, auf dem sie ihm mit Zahlen unmißverständlich zu verstehen gab, wie kurz die Haare des Kindes zu sein hatten. Das Nachschneiden hatte gratis zu geschehen.

Die Kellerin schiebt Daskind durchs Kirchenportal. Im trüben Dämmerlicht wartet Pater Laurentius, der Pfarrer Knobel für die nächsten Tage vertritt. Bei seinem Anblick erstarrt die Menge, obwohl vorläufig nur sein Rücken zu sehen ist. Still wird's ums Kind, während draußen der Schnee fällt und drinnen die Vernunft.

Will sich Daskind aufbäumen, wird von der Kellerin in die Knie gezwungen. Atmet's rund um Daskind in harten Stößen. Dem Gottesgericht entgegen, dem Urteil aus Pater Laurentius' blassem Mund. Der läßt sich nicht stören, der murmelt seine Gebete, wehrt betend dem Bösen, das angstbesessen hinter ihm kniet, von der Menge begafft. Haßerfüllt. Ein Schluchzen im Kind. Kinderhaut wie schmutzige Schlacke vom brodelnden Haß. Spürt das schwarze Gotteslobhudeln im Genick.

Es soll sich äußern zur Herkunft des Pelzes, tönt's aus dem Mundling im braunen Gewand. Hält die Versammlung den Atem an. Ob Daskind spräche. Ist nichts zu hören als das Wortgestöber vom Pater. Der mit ausgestrecktem Finger auf den Pelz zeigt. Schwarzer Nagelrand. Dem die Katze abgestorben, spotten die Dörfler. Wissen nichts von den Abgründen, die so ein schwarzer Nagelrand verrät. Während sich auch die Zeitritzen mit Schwarz füllen. Daskind aufsaugen, es in die Tiefe reißen, wo es von den Gotteslobhudlern den Genickschuß empfängt. Bleierne Nacht folgt dem Fragen. Und Wortgewitter: daß Gott Daskind anschaute und sah, daß es verderbt war, denn es ging verderbte Wege auf Erden. In den Wolfspelz geschmiegt, den verderbten. In Kari Kenels Jagdtrophäe geschmiegt. In der Morgendämmerung, wenn die Hähne dreimal krähen. Voller Schlechtigkeit ist Daskind, spricht Gott, aus dem Mund des Predigers. Schlechtkind.

Daskind empfängt die Backenstreiche des Priesters. Weiche von ihm, Satan, tönt's dutzendfach aus den Münden der Gläubigen. Halleluja, als die Hand des Predigers das Fell zerreißt und es drohend über Daskind hält. Übers Wolfskind. In der Wolfswüste. Hatte das Fell aus Kari Kenels Spind geholt, Daskind. Befand sich die Sehnsucht des Kindes für einmal im Bunde mit Karis Sehnsucht nach anderen Welten, weitab der Enge. Damit einmal Heimat entstünde, Verständnis zwischen ihm und dem Kind. Heimat als ein Verstehen, von allem Schmerz befreit.

Zorn packt das geschlagene Kind. Sehen die Augen durch schwarze Wimpern eingegittertes Rot. Ein Feuerstrom durchfährt die Fingerspitzen. Ein Flattern tief in den Eingeweiden. Dann bricht Daskind aus. Prügelt sich durch den gottverordneten schwarzen Schlamm, vorbei an den verzückten Gottesanbetern. Die am Kind zerren. Es bändigen. Dankbare Zeugen sind des kindlichen Wütens. Halleluja, schrillt's aus frommen Mündern, Halleluja und Großer Gott, wir loben dich, jetzt, wo Daskind, das Hergelaufene, bald eines von ihnen sein wird. Wieder und wieder zwingen sie Daskind auf die steinernen Fliesen vor Gottes Altar. Jubeln ob der Kraft des Guten in ihren Fäusten. Mißt sich die Kraft des Guten an der Kraft des Bösen. Bändigen Daskind lauteren Herzens. Gewinnt das Gute. Läßt redlich ermattet die Fäuste hängen.

Fast tröstlich spürt Mario Romano den Schnee auf seinem Gesicht. Sein Herz ist ein ausgewaschenes Flußbett. Ein Gotteskind ist uns geboren, klingt es ihm noch immer in den Ohren, ein Hohn auf die Unschuld, denkt er, stößt hart mit den Schuhspitzen in den nassen Kies, voll dumpfer Revolte.

16

Wenn Karis Blick zurückschweift, wenn Karis Seele in die Berge zieht: Wölfe. Schlägt's gelb in Karis Brust. Der hat das Geheul der Wölfe im Blut, der Kari. Den Wolfsschrei. Kein Zaudern im Blick, wenn er die Enge verläßt. In solchen Stunden straffen sich Karis Schultern, werden die Fäuste hart. Da geht einer, die Winchester geschultert, und ein Singen im Schritt. Rasch steigt er den Berg hinauf, trotzt dem Höhenwind und der Kälte. Zieht den Steinatem des Plateaus tief in die Lungen. Während er geht, beobachten schmale Augen zwischen den Bäumen den Mann. Das zottige Fell über den Rücken ist gesträubt. Wünscht sich Kari Kenel, daß sie ihn annehmen. Als einen der ihren. Unterwerfen sich Wölfe und Mann den Gesetzen der Stille. Atemlos fast. Blick und Gehör wachsen ineinander, überwinden die Kluft, der eine des andern Jäger, der eine des andern Gebeut, beide im Bann der Stunde.

Bis ein Schuß gellt und krachend dem steinernen Himmel entlangstreicht, sich dann in den Canyon stürzt, vom türkisfarbenen Fluß davongetragen wird. Erwacht der Mann, hat wieder das Zaudern unter den schweren Lidern.

So ist das zottige Wolfsfell in Kari Kenels Schrank gelangt. Hat den Rückkehrer über den Ozean in die Enge der Harch begleitet. Als ein Symbol der Freiheit, die sich in so einer Heimatenge bald verflüchtigt. Die hat dem Kari den

Mund verschlossen, die Enge, während er Mauer um Mauer um das Symbol hochzog, ihm einen Raum schuf, den er Chalet Idaho nannte. Der hatte nun ihn, den Heimkehrer, ebenso zu bergen wie die Frau mit der Ablehnung im Blick und Daskind, dem er nicht beikam. Lebendig begraben im eigenen Haus, der Kari, und daneben Daskind, das ausbrechen will. Nicht zu ihm findet. Das vor dem Herrn von allem Werwolffrevel mit Backenstreichen und frommen Gebeten geläutert wurde. Glaubt die Gemeinde und dankt dem Herrn für seine Gunst. Halleluja.

Die Kellerin anerbot sich, Daskind nach Hause zu bringen. Sie solle es nicht aus den Augen lassen, befahl Pater Laurentius, dem nach der Teufelsaustreiberei der Speichel in weißen Flocken in den Mundwinkeln hing. Von der Gunst des Predigers beglückt, packte die Kellerin Daskind am Oberarm und schleifte es durch das Spalier der Gaffer, die noch zu aufgewühlt waren, um heimzugehen. Fröhlich hüpfte die Kellermarie den beiden voran. Ihr Goldhaar kräuselte sich im Schneegeriesel. Sie trug es wie eine Gloriole, während dem Kind das dunkle Haar strähnig am Kopf klebte.

In der Nähstube steht Frieda Kenel am Fenster. Hält mit spitzen Fingern die weißen Gardinen, sieht auf die Straße. Auf Daskind. Auf die Kellerin. Sie würde abwinken, sollte ihr Herz so etwas wie Anteilnahme empfinden. Das hat sie früh gelernt, das Abwinken. Was dem Herrgott recht ist, diesem Schicksalsschmied, kann der Störschneiderin Kenel nur billig sein. Muß. Eine vage Bewegung der Hand zum Haar, als wollte sie nicht wirklich ankommen, die Hand im Haar, dem feuerroten, nur unmerklich angegrauten. Die Hand jetzt doch am Haaransatz über der hohen Stirn, streicht über den Scheitel zum straffen Haarknoten, der vergessen läßt, daß ihr das Haar bis zu den magern Hüften fällt. Immer, wenn sie ins Haar greift, sieht sie sich in einem rückwärtslaufenden Film in der Vergangenheit verschwinden. Dann zerren die kleinen Geschwister sie an den schweren Zöpfen zum Bach, wollen mit Kieseln spielen und streifen die schmierigen Münder an ihrem Bein ab. Dann wäscht sie Geschirr und Kinderhintern, ist den Eltern eine Stütze, als Älteste von dreizehn, die der Vater Bankerte nennt, obwohl sie sein eigen Fleisch und Blut sind. Dann schuftet sie sich Arme und Beine müde, schlägt Holz, bis sie das Zittern in den Schenkeln auf den laubbedeckten Waldboden zwingt und keiner ihr Weinen hört, keine Fee und kein guter Gott. Wenn Frieda Kenel sich übers Haar streicht, wird die Zeit wach, als sie kein Kind sein durfte, weil der Mutter die Arbeit zuviel wurde und der Vater eine weitere Magd brauchte. Fürs Heuen, fürs Holzschlagen und Melken, fürs Pferdestriegeln und Sockenflicken. Und laß ja das Feuer im Herd nicht ausgehen, den Kaffee gefälligst heiß mit drei Löffeln Zucker. Den Schnaps laß meine Sorge sein.

Die Schulaufgaben bei Kerzenlicht. Die schwieligen Mädchenhände können vor Müdigkeit den Griffel nicht mehr halten. Neben dem Tisch weint der Jüngste in seinem Bettchen, will trocken gelegt werden. Nichts ändert sich, als Frieda nach der Schule die Schneiderinnenlehre beginnt. Schuftet sie weiter auf dem Hof, obwohl doch die Finger in zarte Stoffe zu greifen hätten, um sie zu verstehen. Hat erst die Geschwister versorgt und dann mit der Näharbeit die Eltern ernährt. Hat nie einen Burschen geküßt, die nicht. Sitzt ihrem Leben gegenüber, ein Zaungast in der letzten Reihe, der nicht zum Mitspielen aufgefordert worden ist.

Bis Kari kam, zurückkehrte aus der Fremde und eine Frau brauchte, die ihm die Hemden wusch und das Essen kochte, Kari Kenel, der auch Daskind ins Haus holte und wieder um eine Hoffnung ärmer wurde. Der, dem keiner das Hemd wäscht, ist kein ganzer Mann. Zum Gespött wird einer ohne Frau und einer, dem das Bettuch kalt bleibt. Drum kocht und wäscht die Frieda weiter, wie sie es von Kindsbeinen an gelernt hat.

Daskind, das jetzt von der Kellerin durch das Gartentor geschoben wird. Im Schneegestöber nur schemenhaft sichtbar. Eine häßliche Puppe mit Drehschlüssel im Rücken. Aufziehbar, denkt Frieda Kenel angeekelt, ein tückisches Kirmesgeschenk. Einmal aufgezogen, wird's zuschlagen, Daskind, denkt Frieda Kenel. Ein Ton schrillt ihr im Kopf wie Angst und Angst. Sie mustert Daskind unter dem kahlen Rosenspalier. Starrt auf das durchnäßte Haar des Kindes. Vom Italiener kurzgeschnitten. Schwarz. Stumpf. Vierteilen möchte sie Daskind. Des Zwillings habhaft werden, der Angst des Kindes, die an ihre Angst rührt und ihr als Schrei durch den Kopf schrillt. Gut so, das kurze Haar lockt keinen unters Turmfenster, wo Haare herabgelassen werden, um den Liebsten zu empfangen. Armin Lachers Stimme, die sagt, laß dein Haar herunter, dein Feuerhaar. Lang ist's her. Wolltest das Sakrament nicht abwarten, hast's oben am Berg versucht, an der Stelle, wo statt des Turms eine Buche stand und wo Jahre später die Bamert ihr Leben verlor. Hast über dem Verwehren die Lust zu warten verloren, Lacher, und meine hab ich dem Herrgott empfohlen, wie's der Pfarrer verlangt hat, und drei Vaterunser für mein Seelenheil gebetet.

Frieda Kenels Mund verzieht sich zu einem häßlichen Lächeln. Gebetet. Daß sie nicht über sie komme, die Sünde. Ihr nicht in den Schoß fahre, den willigen. Aber der brannte noch lange, da nutzte kein Gebet und keine Andacht. Der brannte noch lange und wollte gefüllt werden, wurde hart und härter von dem Brennen, bis endlich, nach Jahren, alle Begierde erlosch.

Laut schrillt die Glocke durch das Treppenhaus. Die Kellerin will sich den Triumph nicht nehmen lassen, den Balg eigenhändig abzuliefern. Ihr feistes Gesicht glänzt vor lüsterner Erwartung, während sie Daskind durch den Hausflur schiebt und die Kellermarie über dem Scheitel des Kindes heimlich das Teufelszeichen schlägt. Das hat man sich schon lange gewünscht, der spröden Nachbarin die Maske vom Gesicht zu reißen. Das Gift trieft der Kellerin geradezu aus dem Maul, als sie ihre Geschichte vom Werwolf und von Pater Laurentius' Teufelsaustreibung erzählt. Aber da ist sie an die Falsche geraten. Einer wie Frieda Kenel reißt kein eingebildeter Werwolf die Maske vom Gesicht, die lebt mit anderem Getier im Blut weit gefährlicher. Ohne den kalten Blick von der Kellerin zu lassen, schickt sie Daskind nach oben. Den Redeschwall überhörend, haftet ihr Seziererblick zwischen den Augen der Kellerin, als wäre dort eine eiternde Wunde zu sehen, eklig genug, um das Messer anzusetzen. Erschrocken unterbricht sich die Kellerin mitten im Satz, greift unsicher nach dem Treppengeländer, eine lächerliche, würdelose Geste. «Man habe es ja nur gut gemeint» murmelnd und «Daskind bedürfe weiterer Gebete und frommer Inbrunst, wolle man das Werk Pater Laurentius' nicht gefährden», flüchtet sie dem Ausgang zu, Marie vor sich her schiebend, nicht weniger grob als vorher Daskind.

Unsanft schließt Frieda Kenel die Tür. Stille. Daskind ist nicht zu hören. Hockt in der dunkelsten Ecke seiner Kammer, die Beine angewinkelt, die Arme um den mageren Oberkörper geschlungen, so daß sich im Rücken die Hände berühren, den Kopf auf die Knie gebettet. Weiche von ihm, Satan, hatte Pater Laurentius vor den Augen des Herrn geschrien. Der Speichel saß weiß in seinen Mundwinkeln. Weiche von ihm. Aber da ist keiner gewichen, hat keiner den Platz geräumt. Steinstein in allen Höhlen des Kindes. Sieht Kari Kenel den Gurt aus den Schlaufen ziehen. Sieht ihn weinen, hört das Zischen des Leders, spürt den Schlag auf der nackten Haut. Kauert reglos. Weiß keinen Rat. Fühlt die Augen Gottes auf sich gerichtet, unerbittlich, allgegenwärtig in den Taten der Dorfgemeinschaft, die sich gegen Daskind verschworen hat.

Schweiger und Mißhandler. Denen ist Daskind ein Dorn im Auge Gottes, dem Gerechten. Nachts hören sie seinen Fluch, nicht das Weinen des Kindes. Das Wimmern nicht und nicht das stumme Fragen.

Dem Fragen folgt immer das Schweigen. Es schweigen auch Kari, der Sigrist und die Leni, wenn sie «mein Armes» murmelnd, «ach Armes», dem Kind über die Haare streicht.

17

Hart und präzise fallen die Schläge. Der Mann, über Daskind gebeugt, weint. Werseinkindliebt ... Daskind, über die Sitzfläche des Stuhls gebeugt, weint nicht. Jeder Schlag läßt die Flanken des Kindes erzittern. Die Tränen des Mannes benetzen das Karminrot der Wunden. Träne zu Blut. Bis das Leidsgemisch über den Rücken des Kindes fließt, in der flaumigen Mulde eine winzige Lache von hellroter Farbe. Das hat es noch nie gegeben, daß Daskind geblutet hat, denkt Kari Kenel verwundert. Es erfüllt ihn mit einem befremdlichen Glück, für das er sich sogleich schämt und noch einmal ausholt. Hart und genau plaziert er die letzten Schläge. Schließt sich der rote Kreis.

Daskind glaubt nicht mehr daran, daß es einmal groß werden wird und stark. Zwar ist da die Steinschleuder, zwar übt Daskind mit verbissenem Grimm. Doch wenn Stein und Vogel vom Himmel fallen, läuft es achtlos davon. Tiefer in den Wald hinein, wo man sich auf dem Nadelteppich ausstrecken kann, sich eingraben, wie die Tiere es tun. Immer öfter verstopft sich Daskind den Mund mit Erde, als wolle es künftig jeden Schrei im Keim ersticken. Mit dem Brei im Mund denkt Daskind, daß es schön wäre, tot zu sein.

An dem Abend, als er Daskind blutig geprügelt hat, meidet Kari Kenel die Wohnstube. Leise schleicht er sich aus dem Haus. Das Scheppern der

Milchkannen übertönt das Knarren der Stufen, das Knirschen seiner Schritte auf dem nassen Kies. Am Gartentor angekommen, starrt Kari Kenel mit weit geöffneten Augen in das gelbe Licht der Straßenlaterne. Der Geruch faulenden Laubes würzt die Luft. Im Licht der Laterne fällt der Schnee in feinen, bunten Fäden. Tief einatmend dreht Kari Kenel dem Dorf den Rücken zu und trottet, die Augen starr auf den glitschigen Boden gerichtet, dem Wald zu. Als wolle er auf der Straße die Worte zusammensuchen, die ihm fehlen. Als lägen sie dort, fein säuberlich aufgereiht wie Kiesel aus einem Kinderspiel, die Worte für die Waldfrau, seine Schwester Leni.

Schon ist die Nacht im Anzug. Der Wald verschluckt seine schwere Gestalt. Den Wald der Leni hat er seit Jahren nicht mehr betreten. Ihr Territorium. Tannen säumen den Weg in langen Reihen. Er fühlt sich in große Städte zurückversetzt, wandert in Häuserschluchten dem Ziel zu. Eine Waldstadt, bewacht von der Waldfrau. Manchmal erschreckt ihn der Schrei eines Tieres, ein Windstoß, der ihm durchs naße Haar fährt. Kari Kenel verläßt sich auf seine Sinne, wie einst in den Städten oder in den Bergen, wenn das Geheul der Wölfe von den Felsen widerhallte. Ein Wolfsschrei liegt ihm in der Kehle, sein Geheul, denkt Kari Kenel, könnte sie zurückholen, die Feen und Feste, von denen die Schwester erzählte, als er das letztemal in ihrer Hütte saß. Kari lächelt. Märchenschwester. Die mit dem Hirsch spricht. Seinen Kopf in ihren Schoß bettete. Leni. Lenis helles Lachen. Lenis dampfender Leib in der Dämmerung.

In Gedanken versunken stolpert Kari Kenel über einen Zweig. Mit rudernden Händen versucht er, das Gleichgewicht zu halten. Doch er stürzt, geht in die Knie, fängt sich mit den Händen auf. Reglos verharrt er in dieser Haltung, ein verlorener Bittsteller im Wald. Langsam richtet er sich auf, kauert auf den harten Absätzen der genagelten Bergschuhe, vergräbt die nassen Fäuste in den Taschen. Wenn jetzt ein Tier käme. Aug in Aug stünde es Kari gegenüber, nähme seine Witterung auf, sprungbereit, jeder Muskel angespannt, ein Vibrieren im sehnigen Körper. Ein hartes Pochen unter dem schneebedeckten Fell. Ein gelbes Leuchten in den Augen.

Einen Augenblick lang sehnt er sich nach dem Tier. Aber außerhalb seines Rosenreviers ist Kari Kenel ein ungeübter Träumer, die Träume entgleiten ihm. Er kehrt zurück in die Wirklichkeit der Nacht, die den Wald in Besitz genommen hat. Ein Gefühl des Ausgeliefertseins mischt sich in seine Bemühungen, klaren Kopf zu bewahren, und macht ihn ratlos. Fremd geworden fühlt er sich. Allen fremd geworden, nicht nur den Dörflern, mit denen er sich nicht einläßt, außer mit dem Sigristen, den die Rosen in Kari Kenels Garten locken und das Wissen um ein Geheimnis, das ihn, Kari Kenel, zur Freundschaft mit dem Alten verdammt. Den müden Körper an einen Stamm gelehnt, grübelt Kari Kenel vor sich hin. Ein saurer Schweißdunst umgibt ihn. Er hat diesen Geruch der Angst in den Stollen kennengelernt, wenn schlagende

Wetter zu erwarten waren und die Kumpel, schwarzverschmierte Gestalten, nach einem Ausweg aus dem unterirdischen Labyrinth suchten. Auch er. Dann ging ihnen dieser scharfe Geruch voraus, und jeder wußte um die Angst des andern. Später, im Waschraum, schauten sie sich gegenseitig scheu ins Gesicht, ehe sie in den düstern Duschen verschwanden.

Kari schnuppert an den verarbeiteten Händen, den Achselhöhlen. Ja, es ist Angstgeruch, der ihn beim Gedanken an den Sigristen überfällt. Anders als am Sonntagstisch, verschanzt hinter dem Braten auf dem guten Geschirr, fühlt er sich hier ungeschützt. So nah bei Leni. Auch die Rosen bieten Schutz, ihr betörender Duft rührt an Verbotenes, ihre sündigen Namen lassen die Sünde alltäglich erscheinen. Da hilft keine Tarnung, die süße Botschaft einer Marie-Claire bleibt eine süße Botschaft, auch wenn sie von Kari verschämt MC3 genannt wird.

Kari Kenel wischt sich die Augen. Es gibt nichts zu sagen. Der Gang in den Wald war ein Irrtum. Schon verflüchtigt sich der Grund des nächtlichen Ausflugs. Ziellos stapft Kari Kenel durch den Wald. Für seine Erlösung ist ein anderer als Leni zuständig, Erlösung liegt nur in der Gnade des Herrn, der aber läßt auf sich warten.

Im *Kreuz* brannte noch Licht. Die Tür stand trotz der Kälte eine Mannsbreite offen, Ruths Versuch, den erhitzten Gemütern Kühlung zu verschaffen oder die Polizeistunde einzuläuten. Erleichtert schob sich Kari Kenel durch den Spalt und prallte beinahe mit seinem Untermieter Armin Lacher zusammen. Er musterte das verwüstete Gesicht, wandte sich schnell ab, als ihm der schnapsgeschwängerte Atem des Pensionisten entgegenschlug. Schwankend pflanzte sich Lacher vor ihm auf, ein gemeines Lachen gellte Kari Kenel entgegen. Man habe sich wohl verirrt, lallte Lacher, am Hosenlatz nestelnd, ob's die gute Stube nicht mehr tue, mit der Frieda am Nähtisch und dem Waldschrabb unterm Dach. Sei er endlich Manns genug geworden, den Weg in die Wirtschaft ohne Erlaubnis zu finden? Oder habe Frieda den Langweiler ausgesperrt? Der Spott traf Kari Kenel wie ein Faustschlag, den er parieren mußte. Verwunderung lag in den versoffenen Augen, als seine Rechte Lachers Kinn traf und ein knirschendes Geräusch zu hören war, ehe der Pensionist auf dem Boden aufschlug.

Am Stammtisch, spärlich besetzt von Schätti und dem Sigristen, herrschte Totenstille, als Kari Kenel die Tür hinter sich schloß und seine Schritte verhallten. Das hätte man Kari nicht zugetraut. Daß der einfach zuschlüge. Gotthold Schätti schob den Stumpen von einem Mundwinkel zum andern, das breite Bauerngesicht bekümmert, als er die Karten ungemischt auf die Tischplatte sinken ließ, den Stuhl polternd nach hinten schob und aufstand, um Lacher auf die Beine zu helfen. Dem werde er es heimzahlen, drohte Lacher, zu Brei schlagen werde er den. Wild fuchtelnd versuchte er, sich auf den wackeligen Beinen zu halten. Die Unterlippe war aufgerissen, Blut sickerte in seinen stoppeligen Bart. Mit dem Handrücken verschmierte Lacher das Blut übers Gesicht. Die trüben Augen flitzten hin und her, als suchten sie in einer verborgenen Ecke des Schankraums Halt. Angewidert zog Schätti seine Hand zurück. Es sei wohl nicht eben gescheit, dem Kenel hinterherzuschleichen, meinte er. Wenn Lacher wolle, könne er bei ihm im Tenn übernachten. Das habe er ja schon ungefragt getan, bevor ihm der Kenel das Dachzimmer vermietete. Nur das Rauchen müsse er sein lassen. Einen Brand im Tenn könne er nicht gebrauchen. Und daß er ihm nicht ins Heu pisse.

Aber Lacher brauste auf: Keiner werde ihm verbieten, sein eigenes Bett aufzusuchen. Ob man glaube, einen Feigling vor sich zu haben? Das Zimmer sei bezahlt, Kenel werde nicht wagen, ihn noch einmal anzugreifen. Der wisse jetzt, was es geschlagen habe, der Kramp. Einen wie den Lacher schlage man nur einmal, das sei so sicher wie das Amen in der Kirche.

Von dem der Lacher keine große Ahnung habe, spottete Ruth und wuchtete die ersten Stühle auf die leeren Tische. Der habe die Kirche seit Jahren nicht von innen gesehen, geschweige einen Beichtstuhl. Dem stünde es wohl an, meinte sie lachend, wieder einmal vor den Herrn zu treten. Jetzt solle man mit der Streiterei aufhören.

Er furze auf den Herrgott, da bleibe er lieber beim Suff, der sei ihm gnädiger als der da oben. Gierig suchten Lachers Augen den einzigen, unaufgeräumten Tisch ab, erspähten das halbgeleerte Glas des Sigristen, der die Gaststube unbemerkt durch den Hinterausgang verlassen hatte. Mit zwei erstaunlich sicheren Schritten war Lacher beim Stammtisch, kippte den Schnaps mit einer lächerlich gespreizten Geste hinunter. Schnaps und Blut vermischten sich zu einem hellen Rinnsal, das sich Lacher mit einem erleichterten Seufzer erneut übers Gesicht schmierte. Das war nun Ruth zuviel. Angewidert schob sie Lacher an Schätti vorbei zur Tür, er solle sich nicht mehr blicken lassen, wetterte sie, nicht mitanzusehen sei es, wie er sich ruiniere. Beleidigt bewältigte Lacher die paar Stufen und schwankte den kahlen Kastanienbäumen entlang zur Straße. Heimzahlen, schrie er seinem unsichtbaren Feind entgegen, heimzahlen werde er es ihm, und das bald. Zu Brei schlagen, ja, zu Brei schlagen mit diesen Fäusten, werde er den und jeden, der sich ihm in den Weg stelle. Während seine Füße festen Boden zu finden suchten, wofür er die ganze Straßenbreite benötigte, fuchtelte er mit den Fäusten wild in der Luft.

Dann ein Name. Nähert sich von weither, der Name. Lachers Gesicht verändert sich. Seine Augen blicken konzentriert, beinahe klar. Das hat ja so weit kommen müssen, hört er eine fremde Stimme in sich, daß auch einen wie ihn die Verzweiflung wegen einer Frau niederstreckt. Sein Gehirn sucht nach den Spuren des Schmerzes. Unbeholfen. Nie zuvor hat er versucht, in seinem Leben Ordnung zu schaffen, in dem es nur einen Höhepunkt gegeben hat. Eine Himmelfahrt, die sich unmerklich in eine Höllenfahrt verwandelte. Danach hat er nie wieder an eine Zukunft geglaubt, der Lacher, wußte, er würde immer ein Getretener, ein Verlierer bleiben. Ohnmächtig vor Wut schnitt er fremden Leuten Gras und Garben, molk fremde Kühe, tanzte mit Mädchen, die andern versprochen waren, bezog Prügel. Ein Scheißhaufen, dieses Leben, eine Qual, wäre ihm das Wort geläufig gewesen. Aber Lacher wußte nichts von Wörtern, nichts von jenen des Herzens und nichts von den Wörtern, die man in der Schule lernte. Die kurze Zeit, eingezwängt in eine zu enge Schulbank, reichte nicht aus, dem Buben das Einmaleins oder Schreiben und Lesen beizubringen. Während sich seine Schulkameraden mit Kreide und Schiefertafel abmühten, stand der kleine Armin am Schweinekoben und schrubbte die Futterrinnen, bevor ihm Schättis Alte das Mittagessen in den Stall brachte. In jenen Zeiten nahm man es noch nicht so genau mit der Schule, schon gar nicht beim Sohn eines Landfahrers, von dem niemand wußte, woher er kam und wem er den Balg zu verdanken hatte, den er auf seinen Wanderungen mit sich schleppte. Schichtete Angst um Angst auf seine Seele, Zorn um Zorn, Verzweiflung auf Verzweiflung. Stumpfte ab, um wenigstens einen Teil dieser Verzweiflung in die Versenkung zu schicken. Verrohte, wenn er dabei auch nicht glücklicher wurde, so ließ es sich in der Stumpfheit doch leichter leben.

Bis er Frieda Rüegg begegnete, die, einen Restposten Stoffe unter dem Arm, Schättis Obstgarten durchschritt. Und Lacher widerfuhr, was jedem Liebenden widerfährt, wenn sich die Liebe am falschen Gegenstand abmüht. Lacher mochte bitten und betteln, der Frieda war nicht beizukommen. Die wartete auf den Richtigen, und das konnte nur einer sein, der ihre Verbindung fürs Leben durch das gemeinsam empfangene Sakrament der Ehe besiegeln ließ. Außerdem blieb der jungen Störschneiderin kaum Zeit für Abendspaziergänge und Tanzanlässe, bei denen Armin gern mit der Angebeteten am Arm gesehen worden wäre. Frieda. Je länger sie sich seiner Werbung widersetzte, um so mehr wuchsen die Wut und das Begehren Armins. Er hätte sie zusammenschlagen und gleichzeitig in ihrem roten Haar wühlen mögen, in diesem anstössigen roten Haar.

Armin Lacher hatte nie zugeschlagen. Nur einmal hatte er sie an sich gerissen und Friedas Leib an sich gepreßt, laut stöhnend und grob, unter einer Buche am Vorderberg. Sein Gesicht brannte von der Ohrfeige und vor Scham, als sich der klebrige Samen in seine Hose ergoß.

Im *Kreuz* beugte sich Schätti hinter geschlossenen Fensterläden gerade noch einmal über seine Geliebte, als Lacher durch einen glühenden Schmerz in die Gegenwart zurückgerissen wurde. Ein Schmerz, der keinem Schmerz verwandt war, den er je in seinem armseligen Leben erlitten hatte. Der Schmerz sprang ihn an wie ein wildes Tier. Winter breitete sich im Gehirn aus, ein verzehrender Winter, der unter der Schädeldecke tobte und Fetzen von Bildern aufleuchten ließ. Friedas feuerrotes Haar fraß sich gierig durch seine Nervenstränge, bis er vor Qual nach Erlösung schrie, ein Brand unter der berstenden Haut, ein Wimmern und Würgen, rasselnder Atem, ein Heulen und Rasen, in dem alle Vergangenheit zu Asche wurde. Ein letztes Entsetzen, als ihm Daskind mit den leeren Augenhöhlen erschien. Dann fiel die Wärme des Lebens von ihm ab.

18

Daskind hätte mit sich und der Welt zufrieden sein können, wäre mit der Beerdigung des Immergrünen der Kampf gewonnen gewesen. Aber Kinder wie Daskind müssen das Leben stündlich neu bestehen. Da bleibt keine Zeit, aufzuatmen und beim Anblick des Sarges zu lächeln, in dem die Überreste des Immergrünen liegen.

Es war Schätti, der nach der Liebesnacht in der Morgenfrühe den Lacher fand. Über den Lacher stolperte und dann mit Erschrecken merkte, daß das Bündel Mensch vor ihm tot war. Die Treppenkante hatte eine häßliche Wunde mitten auf Lachers Stirn hinterlassen. In den weit aufgerissenen Augen schien das Entsetzen noch gegenwärtig. Schätti war unfroh zumute. Während sich der eine im Schutz eines Frauenleibes zu Ende gebiert, stirbt ein anderer. Hölle und Erlösung zur selben Stunde, denn darin war sich Schätti sicher: Auf einen wie den Lacher wartete die Hölle. Erlösung aber jenem, der vom Weib empfangen wird, geliebt und eingeladen, sich in ihr zu ergehen. Sünde? Nichts als Pfaffengeschwätz, murmelte Schätti, während er wild gegen die Pfarrhaustür klopfte und schrie, Pater Laurentius möge sofort kommen, es liege ein Toter vor dem Gotteshaus. Der Lacher sei's, wahrscheinlich im Suff unglücklich gestrauchelt.

Gemeinsam musterten sie den Toten. Betrachteten schweigend die seltsam verrenkten Glieder. Pater Laurentius schlug ein Kreuz über der Leiche und murmelte, der Herr möge auch dieser Seele gedenken, ihr Frieden geben.

Der Totenschein war schnell ausgestellt. Mächler nahm sich gar nicht erst die Mühe, die Leiche näher zu untersuchen. Sonnenklar, im Suff gestürzt, mit dem Kopf auf der Treppenkante aufgeschlagen, eine tödliche Schädelverletzung ohne Fremdeinwirkung.

Man bat die Kellerin, den Toten zu waschen. Irgendwie schaffte sie es, obwohl die Leichenstarre bereits eingetreten war, zerrte dem Lacher die blutverschmierte Jacke vom Leib, Hose und Unterhose, die zerlöcherten Socken. Stirnrunzelnd betrachtete sie schließlich ihr Werk, angetan mit einem alten Anzug ihres Mannes, der nach Mottenkugeln roch und um Lachers mageren Körper schlottern müßte, wäre er noch am Leben. Die Hände hatte ihm der Sigrist mit Gewalt auf die eingefallene Brust gebogen und einen Rosenkranz zwischen die steifen Finger geklemmt. Das war man dem Herrgott schuldig, selbst wenn man von der schauerlichen Gewißheit erfüllt war, daß auf einen Lacher nur das Höllenreich warte.

Dem Lacher weinte man keine Träne nach. Auch nicht die Handvoll Leute, die um das offene Grab standen und zuschauten, wie der Ochsner Toni und der Sigrist den Sarg an zuverlässigen Stricken in das Loch hinuntergleiten ließen, dann die Stricke lässig einrollten und das Totengebet murmelten, wie es sich gehörte. Kari Kenel stieg der harzige Duft des Holzes in die Nase, als er von Pater Laurentius die Schaufel in Empfang nahm und eine steifgefrorene Scholle Erde auf den Sargdeckel fallen ließ. Ruhe in Frieden, dachte er grimmig. Als er mit ungelenken Bewegungen das Kreuz schlug, war es eher eine Vergewisserung der eigenen, leiblichen Existenz. Kari Kenel fühlte sich nicht wohl in seiner Haut. Lachers Tod hatte Fragen aufgeworfen, denen er sich nur ungern stellte. Plötzlich fühlte er sich als Komplize des Pensionisten, der in seinem Chalet zwei Jahre lang ein- und ausgegangen war und häßliche Spuren hinterlassen hatte.

Daskind am Grab des Widersachers. Steinkind. Kind aus kaltem Mondgestein. Starrt in das Loch wie die andern, die Haut in Einsamkeit gehüllt. Papierdünne Haut, kaum stark genug, es zu schützen. Schlüpft zuweilen aus der Haut, um, ganz draußen am Rand, abseits von sich zu verweilen. Am Rand, wo eins wie Daskind keine Fingerabdrücke hinterläßt.

Kari Kenels Hand liegt schwer auf der Schulter des Kindes. Auf der Schulter des hergeholten Kindes. Sieht sich, ein paar Jahre jünger, vor dem Portal der Anstalt stehen. An einem Tag wie dem heutigen, kalt und abweisend. Mit der Frau im Rücken, die kein Kind will und nicht Daskind wollen wird, sein Kind, von dem sie nichts weiß. Die schwarzgewandeten Nonnen mit ihrem einfältigen Lächeln. Eine lange Reihe sauber geschrubbter Kinder, einige verlegen kichernd, andere mit hoffnungsvollen Blicken; anbiedernden Blicken, die betteln, daß man sie mitnehmen möge. Kokette Blicke halbwüchsiger Mädchen. Prüfende Blicke aus Knabengesichtern. Kari Kenel wandert die lange Reihe ab, verweilt da und dort bei einem Gesicht. Sie sind gerötet von der Kälte, die Gesichter, und Kari Kenel fällt auf, daß keines der Kinder einen Mantel trägt. Als wären sie Teil einer Fleischschau, absichtlich unvollständig gekleidet, um ihm den Blick auf die Beschaffenheit ihrer Körper zu erleichtern. Die Kinder verstecken ihre Beschämung hinter forschen, eckigen Bewegungen, aber sie sind still. Halten sich gerade, während sie von dem Ehepaar abgeschritten werden, Ware, zur Besichtigung freigegeben und zum Verkauf. Ab und zu peilt eine der Nonnen ein Kind an, das in nachlässiger Haltung die Symmetrie der langen Reihe stört. Greift mit den Händen nach dem Körper des Kindes und rückt ihn gerade, so daß das Kind den Kopf heben muß. Mühsam unterdrückter Zorn in den Augen des Kindes und in den Augen der Nonne. Warten. Stille. Bis Kari Kenel vor seinem Kind stehenbleibt. Dessen Augen schauen durch den Mann hindurch. Das stumpfe Haar klebt an der Kopfhaut, im flachen Gesicht kein Anzeichen von Interesse, die schmalen Lippen fest verschlossen. Kari Kenels Augen suchen vergeblich nach den Augen des Kindes. Das läßt sich nicht beirren, schaut durch ihn hindurch in eine Wand aus Nebel, die sich kaum merklich verschiebt und Stück um Stück der umliegenden Gebäude verschluckt. Kari Kenel kämpft mit dem Kind und gegen die ungeschickte Zärtlichkeit, die in ihm aufsteigt. Einige der andern Kinder beginnen erneut nervös zu kichern, Friedas kalte Augen suchen im Hof nach den Nonnen, die dem allem ein Ende setzen sollen. Dem Kampf zwischen dem Mann und dem Kind und dem Kichern und Räuspern um sie herum. Also ertönt die schneidende Stimme einer Nonne, verlangt Ruhe und daß man dem Paar die Zeit gönnen müsse, sein Kind zu finden. Sie sagt: sein Kind.

Daskind hat gewonnen, langsam lösen sich Kari Kenels Blicke vom Gesicht des Kindes. Er steht jetzt mit hängenden Schultern und Mundwinkeln vor dem Kind. Die buschigen Augenbrauen wölben sich im Zorn. Er möchte zuschlagen, Daskind weinen hören und daß es um Liebe bettelte. Kein Laut aus dem Mund des Kindes. Keine Regung, als der Mann auf Daskind zeigt und sagt, daß es dieses Kind sei, das er wolle. Daskind von seiner Art will er, das keine Freude zeigt, kein Erstaunen, keine Befriedigung, auserwählt zu sein. Vielleicht nicht einmal begriffen hat, was vor sich ging, daß es nun Eltern hat, was selbst die Nonnen nicht fassen können, bei so viel hübscheren Kindern, die auf neue Eltern warten und darauf, daß man sie heraushole aus ihrer eintönigen Anstaltswelt. Die Nonnen schütteln kaum merklich den Kopf, mißbilligen Kari Kenels Wahl, fixieren hoffnungsvoll die Frau, daß die ein Machtwort spreche und anders wähle, eins nehme, das besser in die Welt einer gottesfürchtigen Familie paßt. Aber die rührt sich nicht, betrachtet voller Abneigung den Mann und Daskind und versinkt in Gleichgültigkeit beim genaueren Betrachten der Augen des Mannes, die nun heiter sind und ohne Zorn. Entschlossen.

Kari Kenel kehrt in die Gegenwart zurück und spürt, wie sich Daskind seiner Hand zu entziehen versucht. Unter dem viel zu großen Wintermantel, der giftgrün hervorsticht und dem Kind ein lächerliches Aussehen verleiht, schüttelt die Schulter des Kindes seine Hand ab. Daskind preßt jetzt beide Hände vor den Mund, die Augen sind zu schmalen Schlitzen verengt. Kari hört eine Amsel in der Eibe, hört das leise, ungeduldige Scharren der Schuhe im Kies, das vornehme Hüsteln der Freudenstau, die sich ganz undamenhaft in die Lücke zwischen Frieda Kenel und dem Kind gezwängt hatte, um schaudernd ins Loch zu gaffen. Er muß zum Grinsen aufgelegt sein, der da unten, bei all der Verlogenheit, die über ihn ausgeschüttet wird, ein letzter Triumph der Verderbtheit, die sich durch Lachers Leben zog. Wir beide also in der Hölle, du da unten, ich hier oben, nur daß du da unten keine Geheimnisse mehr zu hüten hast und kein haßerfülltes Begehren zu verstecken, das sich gewalttätig an Kindern austobt, weil es am eigentlichen Ziel abprallt, an der Kälte einer Frau, die jedes Begehren abtöten muß. Kari spürt eine dumpfe Mischung aus Selbsthaß und Groll. Dieses Dorf, weiß er, als stünde es unübersehbar in den eisgrauen Himmel gemeißelt, macht jede Todsünde möglich. Und Kari ist einer vom Dorf.

Zuerst ist nur ein Prusten zu hören, das Pater Laurentius veranlaßt, seine Erlösungslitanei abzubrechen und mit geschwinden Augen den Sünder zu suchen, dessen anfängliches Prusten in ein hilfloses, dissonantes Gelächter übergeht. Ein häßliches Krähenlachen stößt Daskind aus, ein Husten, Würgen und Krächzen. Tränen laufen ihm über das Gesicht, seine Glieder zucken. Gefangen in einem schrecklichen, irren Tanz, wirft es die krampfhaft verrenkten Arme in die Luft, stampft die Beine in den Boden, schnellt hoch wie eine Hampelpuppe, zieht sich gleich einer überspannten Feder in Blitzesschnelle zusammen, schnellt wieder hoch, Daskind, und findet doch traumsicher Boden unter den Füßen. Daskind am Rand eines Abgrunds. Fäuste greifen entsetzt nach dem krächzenden Irrwisch, umklammern Hände und Füße, verschließen ihm den lärmenden Mund. Man muß es vom Rand des Grabes zurückreißen, so gefährlich hopst es auf und ab, während Pater Laurentius eins ums andere Mal das Kreuz über dem tobenden Kind schlägt, fahrig vom Schreck, und obwohl er seine inbrünstigen Gebete um das Seelenheil des Kindes von vornherein unerhört weiß. Hat ja schon einmal nicht geholfen, sein Gott, als er das Kind dem Bösen entreißen wollte, selbst das jubelnde Halleluja der Gemeinde konnte den Allmächtigen nicht erweichen.

Daskind jetzt eine verkrüppelte Marionette, deren Beine ermüdet erschlaffen. Die Hände, die nach dem Kind geschnappt haben, schleifen es durchs Dorf. Die Kinderfüße berühren kaum Boden, der Saum des giftgrünen Mantels dreckt über den nassen Straßenbelag. Die Prozession wird von

Landarzt Mächler angeführt. Eine tiefe Furche durchzieht seine Stirn. Nachdenklich strebt er Karis Haus zu: Daskind muß weg aus dem Dorf, in ein Heim, in eine Sonderschule vielleicht. Dem Kind geschieht nichts Gutes, wenn es hierbleibt. Hat kein Verständnis zu erwarten, und keine Liebe. Ist krank, Daskind. Kaum ein Kind zu nennen, mit dieser kleinen Greisenfratze, dem stummen, mürrischen Mund. Keiner weiß, wo es herkommt, ist eines Tages hier aufgetaucht, an Kari Kenels Hand, hat stumm Stellung bezogen, als wäre da ein Krieg auszufechten. Und was das Dorf so alles treibt mit dem fremden Kind. Werwolf, vom Leibhaftigen besessen, pfui Teufel, denkt Mächler. Als lebte man im Mittelalter, traktieren sie Daskind. Und wie es kämpft Daskind, dem keiner hilft, auch er nicht, niemand im Dorf.

Voran der Mächler. Sie erreichen das Gartentor. Stumm schleifen die Weiber Daskind über den Gartenweg, stoßen mit den freien Händen die Haustür auf, ohne Daskind aus den Augen zu lassen, poltern die Treppe hoch, erst die Freudenstau und die Kellerin mit dem Kind, dann die Kenel und der Landarzt. Droben wird Daskind aufs Bett gezwungen, Mächler heißt die Frauen zurücktreten, er habe seiner Pflicht als Arzt nachzukommen und nicht ewig Zeit.

Daskind muß weg, raunte der Sigrist Kari Kenel zu, der, wie Gingg, Erdklumpen auf den Tannensarg schaufelte. Es sei nicht normal, Daskind. Man könne nicht einfach zuschauen, wie es das Dorf zugrunde richte. Ehrbare Leute, die es gut meinen, den Bankert, verzeih, Kari, in christlicher Nächstenliebe aufgenommen haben, wie es der Herrgott befiehlt. Warum Kari es in sein Haus geholt habe, wo doch alles bestens geregelt gewesen sei und keiner im Dorf Verdacht geschöpft habe. Keiner außer mir, verstehst du, Kari? Aber jetzt heiße es im Dorf, es müsse Hexerei im Spiel sein oder sonst eine böse Kraft. Nach jedem Unglück steckten sie die Köpfe zusammen. Da nütze es auf die Dauer nicht, daß auch der Pfarrer bei ihm aus- und eingehe. Es sei eine Unruhe im Dorf und Fäuste, die Daskind am liebsten steinigen würden. An dem Kind hänge ein Fluch, Daskind ziehe das Unglück an, und Kari wisse, warum. Und vielleicht sei es nicht ganz unschuldig an Lachers Tod.

Ohne Kari aus den Augen zu lassen, griff Gingg in die Hosentasche und zog ein rotweißkariertes Taschentuch hervor. Hielt es über das Grab. In der sich erwärmenden Luft begann die aufgeschüttete Erde zu dampfen, der Dampf stieg auf und leckte an Kari Kenels Taschentuch. Das habe er beim Ambachbuben im Beinhaus gefunden. Ob Kari ihm sagen könne, was es damit auf sich habe.

19

Daskind verschwindet jetzt im Wald, wann immer die Aufmerksamkeit der Pflegemutter nachläßt. Streift durch den Nimmerwald, Daskind mit dem fiebrigen Blick, meidet aber die Waldfrau. Es will keinen Trost mehr, fürchtet sich vor dem Trost, der es einlullen könnte, so daß es die Gefahr nicht mehr spürt.

Seit die Dörfler glauben, daß Daskind Unglück anzieht und auch Lachers Tod ein solches Unglück war, ist ein Abwarten ums Kind. Wenn Gott stumm blieb beim Versuch, dem Kind den Teufel aus dem Leib zu beten, so war dies, denken die Dörfler, vielleicht ein Befehl, selbst Hand anzulegen, wenn es an der Zeit ist. Aber noch will man Kari Gelegenheit geben zu beweisen, daß er einer der Ihren ist. Ein Hiesiger, der dem Unglück ein Ende setzt, Daskind zurückbringt, woher er es geholt hat. Sonst wird man sich zu helfen wissen.

Das Dorf erinnert sich jetzt jeder verendeten Kuh. Man holte die Verstorbenen ins Gedächtnis zurück: das Bamert Anni und den Schirmer Louis, man vergaß keinen, auch den Ambachbuben nicht. Vielleicht hatte man die Mächlerin zu Unrecht beschuldigt, den Ambachbuben verdorben zu haben. Und warum hatte Marlies' Uneheliches ungetauft sterben müssen, das arme Wurm. Und wem hatten sie die Maul- und Klauenseuche zu verdanken, die Masernepidemie unter den Kindern, Röteln und Scharlach, die Hühnerpest im letzten Jahr, an der fast das gesamte Federvieh verendet war, die sintflutartigen Regenfälle im Sommer und den schlimmen Hagelschlag? Kannte man jetzt nicht den Schuldigen?

Begegnen die Dörfler dem Kind, rieselt ihnen jetzt rot der Stolz auf ihre gottgewollte Aufgabe über die selbstgerechten Gesichter. Mit jedem Tag, den Kari Kenel verstreichen läßt, vertieft sich das Rot. Schweigend mustern sie Daskind, hüllen es in ihr Schweigen, bis es den Kopf noch tiefer zwischen die Schultern einzieht. Pfeilschnell sind die Blicke geworden, die Daskind auswirft, mit Widerhaken bestückt. Unter seinen Augen liegen dunkle Schatten. Kari Kenel belauert Daskind, will ihm hinter die Schliche kommen, wehrt sich gegen die scheue Zärtlichkeit, die aufkommen will beim Anblick des geschundenen Kindes. Nützt kein Reden, nicht im Guten oder im Bösen, ist diese Mauer ums Kind, eine unüberwindliche Schweigemauer. Die Zeit verinnt, Kari muß sich entscheiden, muß dem Dorf beweisen, daß er immer noch ein Hiesiger ist und als ein Hiesiger zu handeln weiß. Der stumme Befehl hockt ihm im Genick, schnürt ihm den Hals zu.

Man wünsche ihm Schneid in die Knochen, sagen sie, wenn vom Kind die Rede ist. Den wird er zeigen müssen, den Schneid, bald wird er ihn zeigen müssen.

Weil das Sündenkind verschwinden soll, macht sich Kari Kenel ein zweites Mal auf den Weg zu seiner Schwester Leni in den Wald. Er sieht müde aus, grau vor Kummer und dem Gefühl der Niederlage.

Seine Füße bewegen sich wie die eines Besiegten vorwärt, halten dann und wann inne, als seien sie nicht schlüssig, als stünde dem Besitzer dieser Füße eine letzte, vernichtende Demütigung bevor.

Unweit des zögerlich ausschreitenden Mannes Daskind. Schleicht mit verschlossenem Gesicht durch den Wald. Fällt ein Vogel vom Himmel, wie immer, wenn Ratlosigkeit das Kind erfüllt. Der Mann, aufgeschreckt vom dumpfen Aufprall des Vogels, reckt mißtrauisch den Kopf. Langsam, als lese er eine Geheimschrift, gleiten seine Schieferaugen die schlanken Stämme hinauf, kehren zurück zum Boden, der von braunen Nadeln bedeckt ist. Er wandert mit aufmerksamen Blicken die Unebenheiten des Bodens ab. Vorsichtig schiebt er sich vorwärts, in das dunkler werdende Dickicht, wirft ab und zu einen verwunderten Blick zurück, als hätte er mit seinem Körper eine Wunde hinterlassen, die vor seinen Augen vernarbt. Sein Herz klopft hart und schwer, als er die Gegenwart des Kindes endlich spürt, sofort zwischen den Tannen verschwinden möchte und weiß, daß er nicht mehr genug Kraft hat. Was für eine schmerzhafte Sehnsucht plötzlich, zu vergehen. Hier, an diesem Ort, den ihm Daskind längst abspenstig gemacht hat, ihn besetzt hat mit der Steinschleuder in der Hand. Schwerfällig geht er zwischen den Tannen dahin, in einem andern Land wäre ihm das nicht passiert, dieses immerwährende Unglück, denkt er und wünscht sich eine Sekunde Stille, um endlich zu begreifen.

Kari grübelt über seinem Unglück, während

Daskind ihn umkreist, immer enger, seit es seinen Standort mit dem Fall des toten Vogels fast verriet. Das Knacken der Zweige jetzt überlaut. Die Nähe des Todes fast ein Schrei. Der Mann, der anderer Leben kaum aushält, hält auch den Tod nicht aus. Weicht zurück, kommt vom Weg ab, der zur Waldfrau führt, nimmt den anderen, unzugänglicheren, rennt. Eine Hast hat ihn ergriffen, Furcht vor dem schleichenden Kind. Sie treibt ihn zu Leni, schneller, als ihm lieb ist, hinein in die Gewißheit, auch ihr nicht zu entkommen.

Daskind kauert am Fuß einer Tanne, die Arme hilflos um den Oberkörper geschlungen, es zittert vor Kälte. Weiß keinen Ausweg, kann nicht zur Waldfrau, weil dort ein anderer anklopft, will nicht zurück ins Dorf. Die ganze Kläglichkeit seines Lebens, bleibt kein Raum, sich Todesarten auszudenken, stolz am Sterben zu schmieden, mit klarem Verstand. Diese Schäbigkeit im Alleinsein ist Tod genug fürs Kind, mehr kann es nicht ertragen, wird von der schwarzen Welle weggespült, sucht noch gewohnheitsmässig den Himmel nach Feen ab, aber dort oben ist nichts von Belang.

Daskind weiß nicht, wie es ins Dorf zurückgefunden hat, den scharfen Blicken der Pflegemutter weicht es aus, schleicht sich hinauf unters Dach, am Grünenzimmer vorbei in seine Kammer. Das kommt jetzt öfters vor: Ausfälle, Dunkellöcher, die nicht mit Erinnerung gefüllt werden können. Stunden später begegnet Daskind dem Kind, stellt keine Fragen, nimmt's stumm an.

Zwischen Leni und Kari war alles gesagt. Kari hatte nach Worten gesucht, die ihn wie Schiffe über die Abgründe seiner Erinnerung hinwegtragen sollten. Vorsichtig wählte er Wort um Wort, sie durften nicht kentern, nicht hier, in Lenis Hütte, an diesem wackligen Tisch, ein herrenloser Grenzstreifen, auf dem seine Fäuste lagen und zuckten, wenn die Worte gar zu schwer zu finden waren. Verstohlen betrachtete er das junge Gesicht über dem aufgedunsenen, frühzeitig gealterten Körper seiner Schwester. Als hätte sich das Leid hinter diesen Fettwülsten verschanzt. Hätte nur Lenis Gesicht ausgespart, das Leid, den kleinen, wohlgeformten Kopf auf dem kurzen, speckigen Hals, hätte den Augen einen scheuen Glanz verliehen. Demütig saß sie ihm gegenüber, die Hände unter den großen, schlaffen Brüsten fest ineinander verschränkt. So hatte sie auch damals vor ihm gesessen, noch schmal, fast durchsichtig, die Hände vor dem Bauch ineinander verschränkt, als müßte sie sich mit dieser Geste zusammenhalten, als könnte sie sich damit vor dem Auseinanderbrechen bewahren. Die Verzweiflung hatte sie aneinandergekettet, Bruder und Schwester, mit Worten, die kein Trost sein konnten, diese Verstrickung nicht lösen konnten, sie in noch schwärzere Tiefen stürzten, sie aus dem Himmel verstießen. Dem Himmel, von dem sie glaubten, daß er Bestand haben würde, dem Dorf und dem Herrgott zum Trotz. Da hatte er ausgesprochen, daß das Ungeborene weg mußte. Das Kind muß weg, hatte er geschrien, während Tränen des Abscheus und des Ekels über sein Gesicht liefen. Um sich geschlagen hatte er, in hilflosem Zorn, und dann hatte er auch Leni geschlagen, seine Hände hinterließen häßliche rote Male auf ihrem Gesicht, er hatte sie in den Bauch getreten und geschrien, daß sie etwas sagen solle, nur ein Wort solle sie sagen, ihm Trost spenden, sie, die selbst untröstlich war. Er hatte gewütet, bis er erschöpft in sich zusammengesunken war. Dann hatte er sie verlassen, war davongerannt, dem Dorf zu, und unweit der Hütte Jakob Gingg begegnet, der ihn mit schiefem Lächeln grüßte und wissen wollte, wovor er davonrenne. Kari Kenel, vom Schreck gelähmt, hielt einen Augenblick inne, starrte Gingg an, als sähe er ein Gespenst, rannte weiter, grau im Gesicht vor Angst und Scham. Am Waldrand rollte er sich verschwitzt und verstört zwischen den Baumwurzeln einer Tanne zusammen und stöhnte.

Es ist deins, sagt Kari, die Fäuste auf dem Niemandsland des Tischs. Daskind muß weg, sagt er, fährt sich übers müde Gesicht, um Leni nicht länger ansehen zu müssen. Das Unglück hat uns eingeholt. Still ist's in der Hütte, ist nur Karis schwerer Atem zu hören und die leiseren, zaghaften Atemzüge der Waldfrau. Ist nicht auszuhalten, die Stille, Kari hält sie nicht aus, und nicht Leni. Scharren plötzlich mit den Füßen, die beiden, äugen in jede Ecke, als ob von dort Erlösung käme. Können nicht aus der Haut fahren, nicht aus dieser sündig gewordenen Haut. Wie damals, denkt Kari Kenel, ist kein Trost und kein gütiger Gott in

Reichweite, die Sünde zu verzeihen. Da hätte man wieder Lust, dreinzuschlagen, sie zu schlagen, die Leni, von der kein Wort zu erwarten ist, die schweigt. Kari will das Leid in ihrem Gesicht nicht sehen, nicht die verkrampften Hände, über dem unförmigen Bauch, als wäre Daskind noch ungeboren. Als hätte sie es nie unter Schmerzen aus sich herausgepreßt, allein in der Hütte, verzweifelt nach Atem ringend, in Schweiß gebadet. Als hätte sie es nicht mit ungeschickten Händen abgenabelt, den kleinen Körper gewaschen und in Lumpen gewickelt, die Nachgeburt hinter der Hütte verbrannt. Als hätte sie es nie an die schmerzende Brust genommen und gestillt, es beschützt und versteckt vor den gierigen Augen der Dörfler. Als hätte sie nie dem Fluch zu wehren versucht, Karis Fluch, ehe der Bruder zornbebend davonrannte, sie verließ und Daskind. Als hätte sie nie insgeheim den Zug genommen, wäre nicht in die Stadt gereist, mit dem Kind im Arm aufs Amt gegangen, um es dort abzugeben. Sitzt da, seine Leni, etwas Störrisches im Blick, die verschränkten Finger über dem unförmigen Bauch, ergeben, als wäre dies die Strafe für das armselige Glück, aus dem Daskind geboren wurde.

Dreinschlagen. Den Ekel aus sich herausprügeln, ihn weitergeben, diesen Ekel, der Kari in der Kehle würgt, ihm den Mund verpestet, daß er bald nicht mehr wird an sich halten können, losschlagen muß, wenn keine Hilfe kommt. Kari kämpft gegen den Ekel an, die stinkende, klebrige Welle, die ihn überschwemmt, ihn in den Strudel voller zerstörerischer Lust reißt, ein Irrsinniger, an eine Irrsinnige gekettet.

Aber Kari schlägt nicht zu, nicht noch einmal. Seine Kraft ist gebrochen, seine Seele ein Trümmerfeld. Kari betrachtet das Lenigesicht, als sähe er eine Fotografie. Ohne Rührung streift sein Blick über die zarte Haut, er sieht die runde, kindliche Stirn mit dem winzigen Mal über dem rechten Brauenbogen, den schwachen Flaum über der leicht aufgeworfenen Oberlippe, ein moosgrüner Flaum, als nehme der Wald das Gesicht langsam in Besitz, Karis Blick gleitet dem speckigen Hals entlang, kehrt noch einmal zurück, verheddert sich in den Konturen der kraftvollen Nase mit den breiten Nüstern, verweilt bei den unbewimperten Sandaugen, kehrt wieder zum Hals zurück, zum aufgedunsenen, unförmigen Frauenleib, den Leni mit ihren Händen zusammenzuhalten versucht. Er muß sich entscheiden, will gehen, weiß keinen Rat, sucht nach Worten, nach weniger harten, weniger verletzenden Worten für die Schwester, steht noch eine Weile abwartend zwischen Tisch und Tür, in sich hineinhorchend, ehe er die Hütte hastig verläßt. Als ob er die Schuld zurückgelassen hätte, läuft Kari durch den Wald, eine Täuschung, die wie eine Decke von ihm fällt, als er die Lichter des Dorfes sieht. Seine Schritte verlangsamen sich, seine groben Schuhe schlurfen über den vereisten Asphalt. Keiner erwartet ihn. Nur die Frau an der Nähmaschine. Die nicht fragen wird, wo er sich aufgehalten hat. Die auch in der Vergangenheit nie gefragt hat, nur ihre kalten Augen auf ihm ruhen ließ, ihn musterte und einschätzte. Die mit ihren Blicken auf ihn einstach, ihn durchbohrte, an ihm Maß nahm und ihn für ihre kargen Bedürfnisse zurechtschnitt wie den Stoff für ihre Kundinnen.

Bedrückt erreichte Kari Kenel das Dorf, den Kopf voller Aufruhr. Das Haus mit der Frau an der Nähmaschine und dem Kind unter dem Dach war eine Festung, an der jeder Versuch des Entrinnens scheitern mußte.

Wenn es Kari Kenel draußen im Wald kurz zuvor noch für möglich hielt, sich mit Gewalt aus der Schuld entlassen zu können, hier, vor dem Chalet Idaho verblaßte jede Hoffnung.

20

Daskind blieb vorerst im Dorf. Man gönnte Kari Kenel eine Verschnaufpause und vergaß ob dem großzügigen Gönnen beinahe, daß man den Balg loswerden wollte. Das Dorf war mit andern, erfreulicheren Ereignissen beschäftigt. Der Besuch des Fußkünstlers Anthony Cicale bot eine willkommene Abwechslung, obwohl Pfarrer Knobel, der zurückgekehrt war und seine Hirtenpflichten wieder aufgenommen hatte, warnend verkündete, daß dem Allmächtigen derlei unnatürliche Kunst gewiß mißfalle. Was habe einer ein Bild mit den Füßen zu vollbringen, wenn ihm der Herrgott Hände gegeben habe. Auch die Pietà, die Cicale der Kirche großzügig schenkte, konnte Knobel nicht versöhnen. Dem Künstler müße der richtige Gebrauch der Farben erst noch beigebracht werden, spottete er von der Kanzel, er, Knobel, sei sich sicher, daß in der Bibel von keinem schwarzen Christus die Rede sei. Weil aber Anthony Cicale ein weltberühmter Künstler war und die Dörfler etwas von diesem Glanz für sich beanspruchen wollten, enthielt sich Pfarrer Knobel weiterer Bemerkungen. Nur die Pietà, von Cicale auf dem Dorfplatz vor aller Augen gemalt, verschwand, dafür sorgte Jakob Gingg, der sich nicht von Christus als Neger beleidigt fühlte, wohl aber von der halbnackten, weinenden Frau, die den schwarzen Christus in den Armen hielt.

Anthony Cicales Besuch folgte, von Bundesrat

Kobelt humorig eröffnet, das Eidgenössische Kleinkaliber-Schützenfest. Einen Bundesrat bekam man in der Harch nicht alle Tage zu Gesicht. So freute man sich bei Bier und Wurst des hohen Besuchs und suchte sein Glück in der Tombola, darauf hoffend, man werde den ersten Preis gewinnen, ein Kleinkalibergewehr, großzügig gestiftet von General Guisan, dessen Bild in jeder Stube hing. Das Hurra fiel allerdings verhalten aus, als ausgerechnet Mario Romano das Gewehr überglücklich über dem runden Kopf schwang.

Der Abwechslungen nicht genug, begoß man einige Wochen später Bauer Bamerts Fund, für den er eine Belohnung von sage und schreibe 500 Franken, also den ungefähren Monatslohn eines Vorarbeiters, einstreichen konnte. Bamert verdankte dieses Glück dem Ausbrecherkönig Ruoss, der sich ausgerechnet in seinem Stall häuslich niedergelassen hatte. Die Tatsache, daß die Belohnung bald darauf in Moritz Schirmers Geldsäckel verschwand, tat der Freude keinen Abbruch. Bamert gab im *Sternen* ein Faß Bier aus und verschuldete sich erneut.

Schließlich gab es noch einmal Grund zu feiern: Ein Auswanderer aus dem Dorf hatte in Kanada einen derart großen Goldklumpen gefunden, daß er sich den Bau einer Villa leisten konnte. Am Stammtisch wurde der Goldklumpen immer größer, bis man sich sicher war, der Reichgewordene werde seiner Heimat mit einer noblen Spende gedenken. Als auch nach Wochen keine Spende eintraf, wetterte Pfarrer Knobel von der Kanzel,

Geiz gehöre zu den sieben Todsünden, Gott werde sich zu rächen wissen. Kari Kenel, eingezwängt zwischen Schätti und dem verschuldeten Bamert, knetete die großen Hände. Er, der es besser wußte, den Geschichten vom Reichwerden in der Fremde mißtraute, spürte eine Schadenfreude, die ihn für Augenblicke seinen eigenen Kummer vergessen ließ.

Drei Monate nach Armin Lachers Tod verschied der betagte Altgemeindepräsident Johann Mathy auf einem Spaziergang am Arm seiner fürsorglichen Gattin. Ausgerechnet dieser voraussehbare Todesfall katapultierte Daskind in die Erinnerung zurück. Erna Mathy konnte sich der Anteilnahme sicher sein, als sie händeringend in Kellers Kolonialwarenladen lamentierte, daß da ein anderer als der Herrgott die Hand im Spiel gehabt habe. Ihr braver Johann sei noch rüstig gewesen für sein Alter, sagte sie, verschämt errötend, der habe es leicht mit manchem Jüngeren aufnehmen können. Erna Mathy riß die kleinen Knopfaugen auf und sah plötzlich wie eine geblendete Fledermaus aus, was die Kellerin trotz aller Anteilnahme in ein Kichern ausbrechen ließ, das sie pietätvoll hinter der vorgehaltenen Hand versteckte. Dumme Gans, dachte sie, seit Jahren pfeifen es die Spatzen von den Dächern, daß dieser Ziegenbock von Mathy kein Mädchen an sich vorbeilassen konnte, ohne ihm unter die Röcke zu greifen. Die Kellerin schob ihre fleischige Hand am Eingemachten vorbei und reichte Erna Mathy ein Taschentuch über die Theke. So ein Todesfall treffe halt einen jeden hart, an der empfindlichsten Stelle, säuselte sie, jede Silbe betonend, da könne man schon an Gottes Güte zweifeln. Aber von Güte wollte die Mathy nichts wissen. Da habe ein Teufel mitgemischt, keifte sie, und daß im Dorf seit langem nicht alles mit rechten Dingen zugehe. Die Freudenstau, deren Augen unbeirrt die Regale nach Sonderangeboten absuchten und bei den Lakritzen fündig wurden, wandte sich Erna Mathy zu und flüsterte vielsagend, daß es nun an der Zeit sei, endlich aufzuräumen, für Ordnung zu sorgen. Wenn ein Dorf vom Bösen getroffen werde, seien Taten gefordert, sei der Schuldige zur Strecke zu bringen.

In die Köpfe der Dörfler zurückgekehrt war Daskind. Sogar in der Sennhütte wurde hinter Maries Rücken Daskind verlästert. Und Kari Kenel, der doch wohl keiner der Ihren sei, der täglich mürrischer dreinblickende Kerl. Die habe ein Kreuz mit den beiden, Frieda Kenel, das habe die brave Frau nicht verdient, sagten die einen, während andere selbst Kari Kenels Rosen bezichtigten, des Teufels zu sein.

Daskind hat eine dumpfe Stille im Kopf, wenn's durch das unruhig gewordene Dorf schleicht, und es ist vom Widerhall seiner Schritte umzingelt. So still ist's und schneeig, und keiner da, der ihm die Fragen beantwortet oder die Welt zurechtrückt. Daskind schlägt sich den Kopf an der Kirchmauer wund, bis es blutet. Sucht nach dem Splitterknochen aus dem Beinhaus und ritzt sich das Fragen in die Haut. Scheren, Messer, Nägel, alle müssen herhalten, und Daskind denkt Scherenmessernägel, wenn sein Blick scheu über die Wunden streift. Von Schmerz überwältigt, übergibt es sich unter der Eibe, Gift und Beeren meint's, sollen das Herz entleeren, und Milch ist keine zur Stelle, die wieder munter machen würde. Würgt, erstickt nicht. Die Eibe hat aufgehört, ein freundlicher Ort zu sein, paktiert nicht mehr mit dem Kind, das an den Zweigen kaut und hofft, es käme einer, erschräke womöglich. Der Schmerz will Daskind nicht läutern, da kann es noch so lange mit Scheren, Messern und Nägeln hantieren, der Schmerz hat sich aus dem Staub gemacht, ist anderweitig beschäftigt, am Kind vorbeischarwenzelt, als wäre es nicht da. Das verstört Daskind, das so eifrig nach dem Schmerz sucht, ihn aushalten will, ihn nicht findet. Ans Sichwehren und Austeilen glaubt es nicht mehr, ist die Sinnstiftung ihm längst abhanden gekommen, aber groß und stark müßte man auch sein, um wenigstens den Schmerz einzuholen. Da nützt keine noch so ausgefallene Steigerung, nützt nichts, wenn sich Daskind Tannzapfen in den Leib treibt, die es von innen her anfallen wie der Silberpfahl des Immergrünen, des Ichwilldirzeigenwerhierderherrimhausist, ach, so ein Kind hat nichts zu lachen, wenn der Schmerz ausbleibt und Daskind vergessen hat, das herrenlose.

Das zu stärkeren Mitteln greift: sich von der Kirchmauer fallen läßt wie ein Stein und den Knochen befiehlt zu brechen. Aber die splittern nicht, lassen sich auf keinen Pakt ein. Die wollen gelobt sein, die Knochen, können nicht brüchig sein im jungen Alter, bricht nur das Herz, und Daskind staunt, daß da noch immer kein Schmerz ist. Es ruft die Tapferkeit, die Phantasie zu Hilfe, eine vergebliche Bettelei, holt das letzte aus sich heraus, kratzt, beißt, schlägt und sticht ins taube Fleisch, das hält es nicht mehr aus, dieses schwarze Schweigen der Haut, die feige Gelassenheit des Fleisches, mit dem es sich nicht mehr verbunden fühlt. Das wäre ein heiteres Weinen, wenn Daskind weinen könnte, aber die Schleusen sind verschlossen, verloren ist das Schlüsselein, kann nimmer zu sich, hat kein Zuhause. Muß draußenbleiben, vom Schmerz verraten, nützt alles nichts, der ganze, todesmutige Kampf für die Katz.

Und was es nicht sonst alles versucht, Daskind. Den Schnaps des Pflegevaters trinkt es aus und kotzt und kotzt, läuft mit geschlossenen Augen über die Kreuzung, fährt ein gestohlenes Fahrrad zuschanden, versucht's mit dem eiskalten See und mit Schneckenkörnern. Vergebens. Der Schmerz geizt weiter, und es ist dem Kind, als triebe es Gelächter durchs Dorf, das schweigt. Das dem Kind die Absolution verweigert, zum Halali bläst und das Daskind zum Abschuß frei gibt.

Da gab es kein Halten mehr, als Gemeindepräsident Züger die Sitzung eröffnete und aussprach, was jeder im Turnsaal des neuen Schulhauses dachte. Daß Daskind weg müsse, sagte er, Mitleid sei da fehl am Platz, und mit Nächstenliebe brauche ihm keiner zu kommen, nein, damit sei er schon lange nicht mehr zu ködern. Daskind sei ein Fremdkörper im Dorf, ein Schandfleck, der endlich ausgemerzt werden müsse. Ein für allemal. Und wo denn Kari Kenel stecke, den gehe die Sache doch besonders an. Der habe Daskind ins Dorf geholt, sagte Züger, es sei an der Zeit, ihn zur Raison zu bringen. Die selbstlose Aufopferung Frieda Kenels lobend, kam er ohne weitere Umschweife zum Schluß, daß halt gar manches Holz von Anfang an zu morsch sei und man besser daran tue, den Ast beizeiten abzusägen. Man sei immer ein ehrbares Dorf gewesen, das möge der Allmächtige bezeugen, bereit, das Brot mit den Ärmsten zu teilen, obwohl das Brot auch hier nicht wie Manna vom Himmel falle, im Gegenteil, mit harter Arbeit müsse es verdient werden, schweißdurchtränktes Brot sei es, das man dem Kind angeboten habe. Das Leben sei nicht einfach, um so mehr müsse er den Dörflern danken, die dem Kind auf den rechten Weg helfen wollten, es sei ihnen nicht anzulasten, daß ihre Müh an einem Kind, das dem Teufel ab dem Karren, verlorene Müh gewesen war.

Züger genoß den Beifall, der ihm entgegenbrandete. Erhitzt von der Rede, schaute er in die Runde, fixierte da und dort ein Gesicht, das nicht in Begeisterung zerfloß, runzelte die Stirn, bis der so Fixierte sich beeilte, der stummen Aufforderung nachzukommen, und ungeschickt in die Hände klatschte.

Als erster meldete sich der Sigrist zu Wort. Er habe dem Kari noch am Grab des seligen Lachers ins Gewissen geredet, ihn inständig gebeten, Vernunft anzunehmen. Seien einmal derart schlechte Anlagen vorhanden wie bei dem Kind, nütze auch alle Geduld der Frieda Kenel nichts, die dem Kind eine christliche Erziehung habe angedeihen lassen wollen, obwohl jeder sehe, daß da Hopfen und Malz verloren sei. So ein Kind sei ihm sein ganzes Leben nicht untergekommen, beschwor der Sigrist die Versammlung, ob man sich der Gefahr bewußt sei, die Daskind verkörpere, eine Gefahr für den Rest der Jugend im Dorf.

Jakob Gingg rieb sich zufrieden die Hände. Das blutverschmierte Taschentuch gab ihm die Gewißheit, daß der Spuk bald ein Ende haben werde, den Kari würde er schon weichklopfen.

Jawohl, donnerte der Kolonialwarenhändler Keller. Daskind sei eine Gefahr. Er jedenfalls sei sicher, daß Daskind den Teufel im Leib trage, dem auch mit Gebeten nicht beizukommen sei, eine Besserungsanstalt dränge sich auf, wenn man an das Wohl der Dorfjugend denke. Zucht und Ordnung habe Daskind zu lernen, wenn es anders nicht gehe, halt mit Gewalt, obwohl man kein Unmensch sei, wohlverstanden.

Schätti, versöhnlich gestimmt, meinte, daß man dem Kari nicht einfach das Heft aus der Hand nehmen solle. Mit Gottes Hilfe werde der sich schon besinnen. Kari brauche halt seine Zeit, um Daskind, das ihn offenbar dauere, fortzuschicken. Der werde sicher einsehen, daß es so nicht mehr weitergehen könne.

Die Männerrücken strafften sich entschlossen.

War Daskind einmal fort, war auch die Ehre des Dorfes wiederhergestellt. Man hütete sich, es dem Keller gleichzutun und vom Teufel zu reden. An der Gemeindeversammlung nahm auch Pfarrer Knobel teil. Mit dem war nicht zu spaßen, wenn es um den Teufel ging. Verächtlich hatte er die Dörfler des Aberglaubens bezichtigt. Sie sollten sich schämen für ihr Geschwätz. Weil ein kleiner Fratz über die Stränge schlage, lasse kein Herrgott die Ernte verdorren, und daß Lacher im Suff gestorben sei, könne wohl nicht dem Kind in die Schuhe geschoben werden.

In der Versammlung meldete sich Pfarrer Knobel nicht zu Wort. Sie wollten Daskind lossein, ihm konnte es recht sein, wenn er auch mit einem gewissen Bedauern an Kari und Frieda Kenel dachte. So rasch wurde man in der Harch ausgestoßen, ein gutes Herz genügte. Immerhin hatten die Männer es unterlassen, ihn für Laurentius' makabre Zeremonie verantwortlich zu machen. Für die er verantwortlich war, aber nicht geradestehen wollte. Das überließ er Pater Laurentius. Den er gleich nach seiner Rückkehr ins Gebet genommen hatte. Die Szene war ihm prompt von der Hüttenmarie zugetragen worden. In einem Brief an das Bistumssekretariat hatte er sich über den Pater beschwert und scheinheilig gebeten, diesen von jeglicher Pfarrarbeit zu entlasten und ins Kloster zurückzuversetzen. Empfangen Sie gütigst, Eure Exzellenz, meine undsoweiter. Nun saß er mit diesen Dummköpfen im Turnsaal, der monatlich einmal als Gemeindesaal verwendet wurde, und hörte sich verächtlich das Geschwätz an. Kaum zu glauben, was das zugegebenermaßen seltsame Gebaren eines Kindes in den Köpfen einfacher Bauern anzurichten vermochte. Pfarrer Knobel schüttelte unmerklich den Kopf, als er seinen Sigristen sagen hörte, daß es Christenpflicht sei, das Dorf von diesem Schandfleck zu befreien. Er war versucht zu fragen, wo man denn mit dem Kind hinwolle, das immerhin ohne Kostenfolge für die Armenbehörde in Kari Kenels Haus aufgenommen worden sei, und ob sich die Gemeinde eine Anstaltsunterbringung überhaupt leisten könne. Aber er schwieg, in seine eigene Widersprüchlichkeit verstrickt. Wie manchen Pfarrer hatten die störrischen Esel in der Harch schon um seine Pfründe gebracht. Pfarrer Knobel liebte sein Amt, und er hatte nicht im Sinn, es durch unvorsichtige Worte in der Gemeindeversammlung zu gefährden.

Schließlich bestätigte man mit Handaufheben einstimmig den Antrag, Jakob Gingg möge sich noch einmal zu Kari Kenel begeben und ihm den Beschluß der Gemeindeversammlung übermitteln. Kari Kenel habe die Wahl. Entweder trenne er sich freiwillig vom Kind, oder die Armenfürsorge werde gegen seinen Willen ein Vormundschaftsverfahren einleiten und sich von Amtes wegen um eine Heimunterbringung bemühen. Ihn, Jakob Gingg, lasse man nicht allein mit der Bürde. Ein offizieller Brief an die Kenels werde folgen.

Zufrieden trat man hinaus in die Nacht, fröstelte ein wenig und beriet, ob man heute das *Kreuz*, den *Sternen*, den *Schwanen* oder den *Engel* berücksichtigen wollte. Man entschied sich für Ruth, wie fast jedesmal, und trottete stumm dem *Kreuz* zu.

Heilanddonner, fluchte Jakob Gingg, der sich von der Gruppe abgesetzt hatte, wenige Minuten später erschrocken, als er kurz vor dem Pfarrhaus auf eine reglose Gestalt stieß. Bestürzt stand er Kari Kenel gegenüber, der, nicht weniger bestürzt, unbeholfen seine Kleider ordnete. Was er denn hier tue, mitten in der Nacht, und, etwas versöhnlicher, ob man fragen dürfe, warum er nicht zur Gemeindeversammlung gekommen sei. Es sei ums Kind gegangen. Das könne ihm doch nicht gleichgültig sein. Dann sah er Kenels bleiches, abgezehrtes Gesicht und schämte sich fast ein wenig, ihn derart angeschnauzt zu haben. Immerhin war man befreundet, erfreute sich gemeinsam an Rosenzüchtungen, hatte den Dienst am Vaterland gemeinsam geleistet, und da war die Leni. Ja, ja, die Leni.

Der ledige Jakob Gingg ließ seinen unwirschen Worten ein kummervolles Schweigen folgen, ehe er Kari Kenel derb auf den Rücken klopfte und leiser bemerkte, daß er mit Kari von Mann zu Mann zu reden habe. Bald. Morgen schon. Unter vier Augen. Ob er es einrichten könne. Er, Jakob, werde ihn nach dem Eindunkeln aufsuchen. Also dann. Guetnacht, und es werde schon alles wieder gut.

21

Das Hämmern in der Brust läßt sich nicht besänftigen, und daß Kari Kenel, vom Ekel gewürgt, in immer rascheren Abständen krampfhaft schlucken muß, hat er der Angst zu verdanken. Als hätte der Mund Aas geschmeckt, kommt's ihm vor. Was immer der Sigrist von ihm will, Kari Kenel ist zum Gehorsam verpflichtet. Zur Demut, ein Wort, das Kari Kenel nicht kennt, obwohl er ein Hiesiger ist. Ja, diese Lektion wird er zu lernen haben, gründlich. Und falls sich falscher Stolz in ihm regen sollte, wird er ihm widerstehen. Mannhaft.

Kari im Rücken Friedas. Auf dem roten Sofa. Die Zeitung übers Gesicht gebreitet. Das Surren der Nähmaschine. Bohrt sich im Knopflochstich durch Karis Gehirn. An Glanz ist da nichts auszumachen, in Karis und Friedas Stube, die Zeit ins Härene gewandet. Möchte zuschlagen, der wartende Kari, ach, das Zuschlagen wird zur Obsession, wenn einem wie Kari die Luft ausgeht vor lauter Angst. Er muß sich daran gewöhnen, daß er jetzt immer häufiger ans Zuschlagen denkt, nicht nur beim Anblick des Kindes oben in der Kammer, das hoffentlich schläft und vom Vater träumt, dem im Himmel. Wie kann einer immerzu sterben, denkt Kari Kenel und meint nicht den Silberheiligen, der über ihm am Kreuz hängt und mit brechenden Augen gen Himmel blickt. An den denkt keiner, dem das Leben zum Tod wird. So einer hat andere Sorgen. Es ist Samstagabend und kein Frieden in

Sicht, wenn einer wie Kari Kenel im Netz zappelt, das er sich selber gesponnen hat. Daß einer da dreinschlagen möchte, wen wundert's, auch außerhalb der Fristen, die Frieda Kenel setzt, wenn sie ihn Daskind schlagen heißt. Das wieder einmal nach einem Sinn gesucht hat, ungeschickt, vergeblich. Wer weint beim Schlagen, hat nichts zu verbergen. So hat er's bis heute gehalten, der Kari, und nun soll das alles nicht mehr gelten. Soll Dreinschlagen wollen, ohne daß Daskind einen Sinn in den Dingen gesucht hätte, er, der Daskind nur gerade prügeln wollte. Gerade. Aus seinem Geheimnis prügeln. In eine bessere Welt. Als ob er wüßte, wie eine bessere Welt beschaffen sein könnte, er, der ein Hiesiger zu sein hatte und doch mit den Jahren drüben verheimatet war. Mit den Wölfen, mit ihrem gelben Licht.

Für immer ausreißen möchte Kari Kenel, ein letztes Mal sich aus einer Ordnung losreißen, in der man in Wahrheit nie verwurzelt war, nicht als Auswanderer und nicht als Heimkehrer, nicht in Lenis Schoß und mit dem Balg am Hals. Verschwinden. Was danach geschehen müßte, wüßte Kari Kenel nicht zu sagen. Immerhin, ein erster Schritt wäre getan. Kari Kenel denkt an eine Feuersbrunst, er mitten darin, er und Daskind. Sieht die Flammen an der weißen Inschrift über dem Fenster des Kindes lecken. Sieht «Idaho» in den Flammen verschwinden und sonst noch einiges, was nicht in diese Welt gehört. Eine Zentnerlast wäre man los und sich selbst. Die Frau mit dem kalten Blick. Wenn Daskind von seinen Gedanken wüßte, sinnt Kari, gern würde es sich dann wieder über den Stuhl im Grünenzimmer legen. Hat doch noch ein Leben vor sich, wenn er's gestattet. Darum muß es weg, Daskind. Dem Sigristen sei's gedankt.

Kari Kenel taumelt durch seine Not, taumelt unter der Last seiner Schuld. Zahlen wird er müssen, er weiß es, gefangen in seinem Körper wie in einem Schuldturm. Das Rätsel, daß er behalten muß, was er nicht wollte, und nicht haben darf, was er will, zehrt ungelöst an seinem Verstand, treibt ihn höhnisch dem Ende zu. Das aber, tröstet sich Kari sogleich, vielleicht doch noch nicht feststeht, die Falle kann sich als harmlos erweisen. Daran, daß sich die Leibesfrucht als stärker erweisen könnte, ist nicht zu denken, will man den Rest Verstand zusammenhalten. Das Geschwisterkind wird's nicht richten, nicht dieser Fußabdruck, den er hinterlassen wird, dieses schamtreibende Fleisch.

Und schon hämmert es an der Haustür, hämmert der Sigrist gebieterisch um Einlaß, so daß auch die Frieda erschrocken auffährt. Die Hand auf dem Herzen, äugt sie zu Kari, fängt einen Blick auf, stumpf wie gebrochener Schiefer. Eine wie Frieda überlegt nicht, wer's sein könnte und ob so ein Besuch gelegen kommt. Nein, die steht erbittert auf, Stecknadeln mit roten Köpfen zwischen den blutleeren Lippen, vom Lärm an ihre Hausfrauenpflichten erinnert. Ja, ja, ich komm' schon, und ist alsgleich mit dem Hausschlüssel beschäftigt. Starrt auf den Sigristen, mit dem sie zu dieser Stunde nichts anzufangen weiß. Es ist schließlich

Samstag, der hat sich in der Zeit vertan, denkt Frieda Kenel, der dampfende Braten ist auf den Sonntagmittag versprochen, und eine Jahreszeit zugang, die die Rosen erst zaghaft knospen läßt. Eine vorsichtige Jahreszeit, also stellt sich auch bei der Störschneiderin Vorsicht ein, ein Mißtrauen fährt ihr in den Blick und ein vages Unbehagen, als sie trotz aller Überraschung den Sigristen an sich vorbeiläßt. Siegt halt die Neugier, auch im dürren Gemüt einer Frieda, wenn ein Sigrist zur Unzeit an die Tür hämmert, daß einem der Schreck in die Glieder fährt.

Oben in der Kammer hockt die Angst breitmächtig im Bett. Ackert unbekümmert am Kind. Sitzt dem Kind wie ein Alp auf der Brust. Geht querfeldein durchs Kindergemüt. Schmiedet dem Schlaf einen Rückzugsplan zurecht, als das Hämmern lauter wird. Setzt dem Kind eine Feuerspur ins Gehirn, sät grüne Zwiefalt. Hab acht, schreit die Angst und: stillgestanden, das ganze Gedankenbataillon am Schlafrand. Und daß du es nicht vergißt, Liebkind, der Gefahren und Herren sind viele. Halali jubelt's von unten, Rehlein halt an, damit ich dich besser abschießen kann. Die Angst bläst alle Fanfaren zugleich, fährt mit kundiger Hand durchs Kind, trifft auf den Kern, sorgt geübt für Unruhe, scheucht endlich Schlaf und Traum davon und bringt Daskind neu zur Welt.

Jetzt erst klingen dem Kind die Stimmen ans Ohr, muß es lauschen und hoffen, daß ihm kein Leid geschieht, jedenfalls keins, das es nicht tragen kann. Sind doch schon gekrümmt, Rücken und Schultern, vom Tragen. Hat doch alle Prüfungen bestanden, Daskind, muß jetzt ein Licht kommen, kurz nur, eine Verschnaufpause, endlich, und noch ein Panzer für die abgestumpfte Haut. So denkt Daskind, das mit Scheren, Messern und Nägeln zu hantieren versteht.

Die beiden Männer am Küchentisch flüstern beinahe, so sehr sind sie sich der Sprengkraft ihres Gesprächsgegenstandes bewußt. Tröstlich ist das Surren der Nähmaschine anzuhören; sie sind unter sich, denken sie.

Fast wie damals, als sie sich im Wald gegenüberstanden, unweit von Lenis Hütte, der eine wild hechelnd, in einer verbotenen Umarmung zum Lendengreis geworden, der andere eine geballte Ladung List, kaum aufzuhalten im verstohlenen Hämen.

Nun habe man lange genug gewartet, ihm, Kari, habe man weiß Gott reichlich Zeit eingeräumt. Jetzt müsse die Ordnung wiederhergestellt werden. Kari habe keine andere Wahl, er müsse handeln, wenn er nicht wolle, daß ihm der Gemeinderat das Heft aus der Hand nehme. Offenbar habe er Ginggs Warnung in den Wind geschlagen. Daß einer sich seine Schmach freiwillig ins Haus hole, das habe ihn, den Sigristen, schon immer verwundert. Ob er tatsächlich geglaubt habe, damit durchzukommen. Auf ihn sei ja gewiß Verlaß. Aber er wisse nicht, ob ihm, falls Kari nicht Vernunft annehme, nicht doch einmal ein Wort herausrutsche, dagegen sei schließlich niemand gefeit, daß einem der Mund überlaufe, am falschen Ort, zur falschen Zeit. Jetzt sei der Augenblick gekommen, wo er ihm für sein Schweigen danken könne, indem er den Sündenbalg aus dem Haus schaffe, er, Jakob Gingg, verspreche ihm, daß dann zwischen ihnen alles beim alten bleibe, daß er nichts zu befürchten habe, er wolle ihm nur ein wenig Dampf machen, damit er die Sache aus der Welt schaffe. Das Zaudern müsse nun ein Ende haben, einer in Karis Situation könne es sich nicht länger leisten. Er solle aufhören, den Kopf in den Sand zu stecken. Oder ob er ihn zwingen wolle, mit stärkerem Geschütz aufzufahren. Nur an Kari liege es zu verhindern, daß er nicht mit dem Zaunpfahl, dem rotweißkarierten Taschentuch zu winken brauche, das er beim Ambachbuben im Beinhaus gefunden habe. Nein, nein, Kari brauche nicht erschreckt dreinzuschauen, das sei ein Späßchen gewesen, Kari brauche sich um seine Loyalität nicht zu sorgen. Leicht sei es nicht gefallen zu schweigen, hätte er, Kari, den Ambachbuben selber gesehen, er würde ihn, den Sigristen, verstehen. Aber genug der düsteren Gedanken, er, Jakob Gingg, sei kein Unmensch und wisse mit Bestimmtheit, daß Kari nun handeln werde. Es könne auch für ihn kein Vergnügen sein, den Balg immerzu vor Augen zu haben. Er solle sich endlich einen Stoß geben.

Verschwinden lassen, den Sündenbalg aus dem Haus schaffen. Die Worte dröhnten in Karis Ohren, ihr Echo zerriß ihm schier den Kopf. Verschwinden lassen. Als könnte man eine selbst auferlegte Buße einfach verschwinden lassen, ein Unglück ungeschehen machen, eine Todsünde leichthin tilgen. Und wenn er sich widersetzte? Sich das Recht nähme, vor aller Augen an seiner Buße zugrunde zu gehen? In einem Dorf, das jeden Dreck am Stecken erlaubte, wenn nur die Fassade sauber blieb. Was, wenn auf den Freund kein Verlaß mehr wäre? Wenn er aussspräche, was einige vermuteten, aber nicht auszusprechen wagten. Was würde aus Frieda, was aus Leni, wenn er dem Wunsch nachgäbe, sich selber zu vernichten. Daskind würde mit ihm untergehen, damit wäre der Sündenbalg aus der Welt geschafft, wie das Dorf es sich wünschte. Aber daran hätten sie lange zu kauen, daß einer der ihren es wagte, sich selbst an den Pranger zu stellen, eine Peinlichkeit, die ihm keiner verzeihen würde.

Müde strich sich Kari Kenel das Haar aus der Stirn. Nichts von alledem würde er tun. Sein Herz war mit den Jahren feige geworden, seine Gedanken zu schwerfällig. Kari gab sich einen Ruck. Er werde gleich am Montag bei der Armenfürsorge vorsprechen, brummte er, und er sei dem Freund zu Dank verpflichtet, daß er ihm den Kopf zurechtgerückt habe.

Befriedigt vom Ausgang seiner Mission, erhob sich Jakob Gingg. Kari müsse nicht meinen, es sei ihm leichtgefallen. Aber besser er als ein anderer, immerhin sei man seit Jahren befreundet, er habe es nie an Treue fehlen lassen. Er sei froh, daß es Kari nicht zu einem offiziellen Vormundschaftsverfahren kommen lasse. Es wäre ihm nicht recht gewesen, hätte er im Gemeinderat gegen Kari Kenel stimmen müssen. Also dann, und danke fürs Bier. Er freue sich schon auf Friedas Sonntagsbraten.

Das Surren der Nähmaschine begleitete Jakob Gingg zur Haustür. Leise schloß er sie hinter sich. Das hätten wir, bald war man den Balg los und mit ihm die Peinlichkeit, daß manch ehrbarer Bürger Daskind gequält hatte. Nicht nur der Lacher. Gingg fühlte sich wie einer, dem die Trümpfe nie ausgehen. Kari sollte ja nicht glauben, daß es damit getan wäre, dachte er grimmig. Solange er lebte, würde er dafür sorgen, daß Kari sich seiner erinnerte. Das würde er ihm nie verzeihen, die Sache mit Leni, das hatte er keinem Toten zuleide getan. Er, Gingg, hatte ein langes Gedächtnis. Er hätte die Leni haben, ihr ein Heim bieten können, aber eine Geschändete ins Haus zu nehmen, das verbot sich von selbst. Den Bastard des Freundes aufzuziehen, so weit wäre er nie gegangen. Nicht er, Jakob Gingg, Sigrist und Gemeinderatsmitglied. Während Gingg beschwingter als sonst dahinschritt, verklärte sich seine Liebe zu Leni ins Strahlende. Der Freund hatte sie in den Dreck gezogen. Diese Schmach zu rächen war seine Pflicht.

Daskind kann nicht aufhören zu zittern, als es endlich wieder unter die Decke kriecht. Die Haut ist ein Gedächtnis für aller Art Eindrücke und ungeschützt vor Frost. Wenn er jetzt käme und schlüge einen Sinn in die Haut, so wäre es recht, geschähe dem Lauscher an der Küchentür ein Glück. Nur nicht einschlafen, schon gar nicht jetzt, da Daskind auf dem Wortfloß schlingert und nicht weiß, ob es untergehen wird. Männerwort in Kindes Ohr, was für ein Tauziehen, wenn's ums Kind geht, Schandbalg, denkt's Kind vom Kind, und daß du mir nicht der Zweiung entgehst, Hierkind, Dortkind mit einem fauligen Meer an Dazwischen.

Frieda Kenel versenkt die Nähmaschine und lauscht. Sie hört das Wimmern des Kindes und spürt seine Not, die sich zu der ihren gesellt. Das brachliegende Gemüt will sich wärmen, will einen Ablaß für alle Unterlassungssünden, die ihr anzulasten sind. Sie bietet das ganze einsame Leben als Pfand, jede Sekunde Gleichgültigkeit, die sie aus seinen Augen ablas und, zusammengezählt, als Beweis ihrer Unschuld gehortet hat. Frieda Kenel wird sich nicht lumpen lassen, hoch und heilig versprochen, wenn der erbetene Ablaß zu wirken beginnt. Will die Bußfertigkeit vervollkommnen, verspricht sie dem Silbergott, dem Immerleider in ihrem Rücken. Frühmesse, Hochamt und Vesper, nichts wird sie auslassen, wenn Gott es geschehen ließe, daß endlich etwas geschähe, daß der Sarg in Stücke spränge, in dem sie lebendig begraben liegt. Hat sich wahrhaftig Mühe gegeben, aus dem Lebensstrom zu kippen. Heute ist es vollbracht, doch Frieda kann sich nicht freuen, denn die ist zurückgeblieben, die Freude, ist nicht mit ihr ausgekippt, liegt nicht unterm Strandgut. Einfach davon, eine Hinterlist, die nicht zu begreifen ist, wenn man Frieda Kenel heißt und alles rückgängigmachen, noch einmal von vorne beginnen möchte, diesmal weniger rabiat.

Das Wimmern des Kindes ist nicht mehr zu hören. Aufdringlich macht sich die Stille breit. Gebärdet sich unflätig, zupft an den Resten von Herz. Beutelt die Ausschußware Gemüt, zerrt Friedas Angst ans Licht, daß dies alles gewesen sein könnte, ohne Fernimsüdundteureheimat, das Leben nichts als ein kurzer Schabernack, Daskind ein Prüfstein, über den man holterdiepolter gestolpert ist wie über alle früheren Prüfsteine, deren Aufgabe es möglicherweise gewesen wäre, einen biegsamer und aufmerksamer zu machen fürs Leben. Vielleicht wäre man dann zueinandergelangt, wäre es einfacher geworden, sich eins mit sich und der Welt zu fühlen, diesem Vielwarenladen mit seinem Angebot, von dem man sich nie auch nur ein Klünkerchen Freude geholt hat. Im Gegenteil, an den Sonntagshut hat man sich gesteckt, was gelebt sein wollte, und ist mit dem Hut auf dem Kopf züchtig zur Messe gepilgert und, vom Herrwirdankendirfürdeinegüte beladen, in die Knie gegangen, jeden Sonntag, ehe man dem irdischen Herrn den Braten auf den Teller legte.

Frieda Kenel schaudert's vor so viel Stille. Sie kann sich in dieser versteinerten Luft nicht mehr rühren. Der hält an, hat Ausdauer, dieser Zustand. Doch keine Panik, noch ist eine kleine Fluchttür offen, das Fühllose nicht ganz verloren. Durch die steigt Frieda Kenel hinab, schwer atmend bezwingt sie Sprosse um Sprosse, sie klinkt sich aus dem Gedankennetz, um leichter abwärtszusteigen. Nicht zurückschauen, keine bedauernden Blicke zurückwerfen, Frieda, keinen einzigen Blick, und nie mehr, schwört Frieda der Frieda bei den Dreieinigen, wird mich ein Traum einholen.

Frieda Kenel schweigt jetzt erneut das Fühllose entgegen. Wieder einmal hat sie einen Blitzkrieg gewonnen, den Überfall heil überstanden.

Daskind in der Kammer drückt Zeige- und Mittelfinger fest auf die geschlossenen Augen. Geduldig wartet es auf den Tanz der Feen hinter den Lidern. Die sind von keinem Troll in die Hölle verstoßen. Die gehen ein und aus in den Augen des Kindes und streuen Farben, daß Daskind lächelt.

22

Da hockt nun der Chrott im Kreuz des Mannes. Es blättert der Glanz ab vom vortags gefaßten Entscheid, sich mannhaft der Katharsis zu stellen. Kann kaum atmen, der Kari, obwohl von draußen eine sanfte Brise und das helle Morgenlicht ins Haus dringen, ein schlecht getarnter Angriff auf die Vernunft. Sonntag ist's, und die Frau in der Kirche betet dem Herrn ums Maul. Sind beieinander, der Herr und die Magd, verbunden im kalten Rausch, der auch Kari durchs Hirn schlittert. Turnt rum, dieser Rausch, affenschnell am Gedankenmüll unterm kantigen Schädel, suhlt sich in den letzten Resten Vernunft, rüttelt an den Verankerungen, die ein Gehirn zusammenhalten, weicht kein Jota vom Verwüsten, schlickt sich durch Karis Gemüt, dieser kalte Rausch, als wäre da eine schwarze Hochzeit zu feiern.

Über Kari Daskind. Reißt sich in den neuen Morgen, nach all dem unruhigen Schlaf und dem wüsten Traum, der sich ins satte Morgenlicht schleicht, so daß die Nacht zurückkehrt. In die Kammer eindringt, wo's eben noch so traut war vom Gezwitscher der Vögel, den Nestwebern, den Flügelmüttern. Die den Nebelstreif geschickt umflattern, die den Jungen zu Hilfe eilen, wenn eine Gefahr droht.

Die sich beim Blick in den Wahn nicht verlernen. Nicht wie das Kind, dem das Herz hinschlägt beim Nahen des Wahns.

Unternimmt Daskind eine Anstrengung hervorzukommen. Aus dem Goschmar, wie die Freudenstau zu sagen pflegt, während sich alle an die Stirn tippen ob so viel vornehmer Frau im Dorf.

Morgen das Fleisch und aller Tage Hunde, hämmert's im Kind, und daß da unten einer, ach,

dieses Immergrün am Silberpfahl

und dann die Frau, von der Messe besessen.

Fernimsüd ein Christus ohnegleichen. Und Daskind kann nicht kommen, es ist krank, Pfarrer Knobel, hat 's Fieber im Blut, und eine Hitze, Herrgott, halt mich fest. Kein Tauwetter in Sicht für Durstige, entsteigt's dem Herrn, ist ein besseres Weh als jede Hostie. Dem Wortzulauf ein Hindernis, diesem bittern Gedenken, wenn einem das Rot des Haars abhanden gekommen und sonst einer wie Lacher,

ach Lacher, in seinen Armen.

Denkt sie in der Kirchenbank und fröstelt vor sich hin mit dem kalten Rausch im Gedärm. Eben noch Gott verbunden, fühlt sie sich plötzlich von allen Heilanden verlassen. Ach Heiland, o Heiland, orgelt's gestüm, so faß mich sicher und halt mich Gewürm. Erreicht' ich mein Haus mit Müh und Not, so will ich beschwören, der Wolf wär' tot.

Erschöpft geht sie in die Knie. Abgeatmet ist die Not. Kein Einsehen in die Leibeigenschaft der eingekesselten, sturmreif gelebten Wut an seiner Seite. Jammert der Pfarrer vom Tiefstand der Dinge, zieht die abgeatmete Not heran, verklärt sie zur Liebe. Auf Brechen und Biegen. Aus dem Mund quillt essigsauer das Leben, Blut einer andern Zeit und Tränen. So sei es, dröhnt's und bricht sich der Ton an der Zukunft, kaum zu fassen, daß da ein Schicksal zurechtgehämmert, schließlich ein Glück eingeläutet wird.

Mit Flattersätzen setzt Daskind über. Einen für dich, den andern für jenen. Befiehlt sich den Morgen zurecht wie gelernt und dem zum Trotz. Soll der nur wollen: der Zuschlager.

Der Zuschlager.

Sein leides Kind,

das nun, zur Mittagszeit, den Ort der Verbannung verläßt und durchs Haus schleicht. Mit allseits geschärften Sinnen eine Schreckensherrschaft verläßt und flink nach dem Opfer greift. Ein Steinatem streift Daskind, als es an Karis Tür vorbei sich leise zur Haustür stiehlt. Die Tür fast zärtlich schließt und sich, ohne zu zögern, über den Tag hermacht. Gesänge im Blick, als es die Heimkehr der Frau beobachtet und im voraus die Küchendüfte riecht. Vergängnis ist angesagt, ein heitres Mahl, Daskind weiß es zu schätzen. Den Hunger, der freigiebig seinen Weg kreuzt. Eine Schwatzhaftigkeit fährt dem Kind in die Glieder, das ist neu, und Daskind überschlägt sich beinahe beim Anblick des Opfers, das sich fröhlich durchs Dorf treiben läßt, Kari Kenels Haus entgegen.

Daskind nimmt den Sigristen ins Visier. Das Sigristengesicht. Hinter Jakob Gingg ist das Chalet Idaho zu sehen, der Garten seines Besitzers, die Kirchturmspitze, die bewaldete Ostflanke des Vorderbergs, ein lastendes Nichts von Himmel, blau, ohne Bewegung, ohne Öffnung.

Jakob Ginggs schmächtiger Körper schiebt sich vor die Rosenstöcke in Kari Kenels Garten. Daskind mißtraut der sanften Entschlossenheit seines Körpers, den verletzlichen Kostbarkeiten im Garten des Heimkehrers und Rosenzüchters Kari Kenel als natürliche Deckung zu dienen. Zumal des Himmels brachiale Art, ein Nichts zu sein, ein Spätwinternichts, wo doch sonst, Wolken, ja, gewiß, und ein guter Wind ... Aber der Himmel ist ein Wechselbalg, denkt Daskind streng und sagt es dann laut. Ohne Grimm.

Daskind mit der Steinschleuder. Selbst ein Wechselbalghimmel müßte sich freuen über den Anblick. Er tut's nicht, heut grad nicht, dieses Nichts über dem Vorderberg und den Rosenbäumchen des Heimkehrers Kari Kenel. Eine Heimkehr, von der jetzt nicht mehr die Rede sein wird.

Aber vom Kind mit der Steinschleuder.

Unwissende Menschen, vernahm Daskind von den Bäumen, reden davon, daß ein Himmel sterblich ist. Aber davon weiß es ein Lied zu singen, daß ein Wechselbalg unsterblich ist und ohne Ende, daß dieser Himmel immer ins Innerste trifft.

Also die Steinschleuder.

Jetzt nähert sich Jakob Gingg dem Haus, ist wider alle Erwartung des Kindes ohne jede Deckung. Hat fast die Rosenhecke erreicht, weiße Trauerrosen, im Sommer jedenfalls. Jakob Gingg hält inne, um niemandes Unmut zu wecken mit zu raschem

Schritt, hat fast das hölzerne Gatter vor dem Haus erreicht, wo ihm in der Küche zur selben Zeit aufgedeckt wird: Teller, Gabel und Messer, alles vom guten Geschirr, auf dem Herd kocht das Gericht: Lunge, gebraten, dazu Kartoffelbrei und Bohnen. Ein Sonntagsessen eben.

Daskind will Jakob Gingg dem Stein zuführen. Daß ein kundiger Stein von selbst sein Ziel erreicht und nie ein Ziel die Richtung des Steines eingeschlagen hat, also angriffig geworden, die Ordnung stört, davon will Daskind Kunde tun.

Zärtlich verfolgen die Kinderaugen jede Bewegung des Sigristen, der jetzt, nach kurzem Zögern, die Hand auf dem Herzen und vom Marsch leicht erhitzt, beim Gatter stehenbleibt, gleichsam im Bannkreis der Stille, die so ein Sonntagmittag zu erzeugen vermag. Steht gefangen im Bannkreis, weiß noch nichts von der Zärtlichkeit des Kindes, das jenseits der Straße, ans Gemäuer der Sennhütte geschmiegt, fast den Atem anhält vor Glück.

Und den kräftigen Arm spannt, die Sehnen spürt, das rauhe Holz der sorgfältig geschnitzten Astgabel in der Handfläche. Durch die der Stein schwirren muß, hin zu Jakob Gingg, dem der schwarze Anzug unschön über dem Leib spannt, Jakob Ginggs zerknitterter Sonntagsanzug, den keine Frauenhände glätten, wie das im Haus des Chaletbesitzers Kari Kenel jeden Samstag geschieht, weil dort Frieda Kenel, geborene Rüegg, zum Rechten schaut.

Daskind verlagert im Kauern sein Gewicht, der linke Oberschenkel liegt jetzt locker auf der Wade des linken Unterschenkels, ein leichtes Ziehen im angewinkelten Bein. Durch die Schuhsohle drücken ein paar Kieselsteine. Mit der Schleuder verschmelzen, denkt's im Kind wie eine Beschwörung. So wie Kari Kenel mit den Schachfiguren verschmilzt, die er am Samstagabend im Gasthaus *Sternen* auf dem fleckigen Brett verschiebt, im Beisein des Kindes am Stammtisch, wo jeden Samstag, kurz vor dem Eindunkeln im Winter – im Sommer läßt das Eindunkeln länger auf sich warten – Schach gespielt und gejaßt wird. So wie Kari mit der Königin verschmilzt, die er selten opfert, Dame nennt, so will Daskind eins mit der Schleuder werden. Es pulsiert im Rhythmus der Beschwörung auch das kindliche Geschlecht, berührt sich Lippe um Lippe mit dem schwesterlichen Zwilling, klopft das Herz als ein Pfahl ans Tor des Kindes, hebt Geheimnis um Geheimnis aus den Angeln, bis sie sich fröhlich offenbaren, dann wird der Mund weich und geduldig.

Noch einmal spannt Daskind versuchsweise den Arm, nimmt den ganzen Körper mit in die Bewegung, daß die Kiesel unter dem Schuh leise knirschen. Ein ungehöriger Laut in der Sonntagsstille, über die sich der Himmel Wechselbalg, dieses lastende Nichts, gleichmütig ergießt. Dieses Nichts an Himmel, denkt Daskind, und daß es jetzt Zeit sei, ernst zu machen mit dem Vorhaben. Und, noch einmal, daß es verschmelzen will mit der Schleuder, die ein Stück Fahrradschlauch und weiches Leder ist. Das Leder stammt aus Frieda Kenels Nähkiste, war wohl Teil eines Handschuhs, der sich einst beflissen um die schmale Hand einer

Kundin schmiegte, die Frieda Kenel regelmäßig besuchte. Vielleicht noch immer besucht. Oder eine, die Daskind in der Nähstube antraf, ihren halbnackten Körper anstarrte, um den Frieda Kenel, Nähnadeln zwischen den zusammengekniffenen Lippen, Velours oder Leinen drapierte, aus dem dann ein Kleid wurde. Die Daskind wieder antreffen wird. Die dann wieder halbnackt in der Nähstube stehen und Kleinerfratz oder Dreckigeshürchen sagen wird. Deren Körper Daskind wiedererkennen wird. Deren Handschuh in der Nähkiste Frieda Kenels lag.

Den Fahrradschlauch fand Daskind in Kari Kenels Werkstatt, die er nie Werkstatt nannte, sondern Meinreich. Auf der Hobelbank hatte Daskind den Schlauch zurechtgeschnitten, über dem Meinreich waren die Schritte der Pflegemutter zu hören. Die harten Schritte und das Hantieren in der Küche. Damals schlich Fritz, der Kater, dem Kind um die Beine. Nur zum Spaß übte Daskind am Kater und lachte, wenn dieser, getroffen, laut kreischend davonschoß wie ein Pfeil. Davonschoß wie der Stein durch die Astgabel, dorthin und weit weg, wo der Kater, schon wieder, im Garten zwischen den Rosen seinen Kot unterscharrte, gewissenhaft und konzentriert, sofern er nicht gestört wurde vom Stein oder von Frieda Kenels klatschenden Händen und ärgerlichem Zetern, wenn sie ihn zwischen den Rosen entdeckte.

Jakob Ginggs Hand greift nach dem hölzernen Tor, das Kari Kenels Garten von der Dorfstraße trennt und das knarrt, wenn es aufgestoßen oder geschlossen wird. Oder ächzt. Wie Kari Kenel, wenn er nach Feierabend pünktlich um sieben Uhr fünfzig den Zug verläßt und die Dorfstraße hinauf seinem Chalet zustrebt, die Fäuste in den Rocktaschen, den Kopf geduckt zwischen den breiten Schultern, die Gedanken immer noch in der Fabrikhalle, wo Männer die Wannen herstellen, von denen eine im Keller des Chalets steht und in der entweder Daskind oder die Wäsche gewaschen werden. An der Kreuzung oberhalb des Gasthauses *Sternen,* gleich neben der großen Linde, gegenüber dem Coiffeursalon von Mario Romano, an dieser Kreuzung steht, pünktlich und jeden Tag außer Sonntag, Kari Kenel und ächzt, bevor er den Rest des Weges unter die Füße nimmt. Daskind weiß nie, wem dieses Ächzen gilt, ob dem müden Körper mit den abgearbeiteten Händen oder den Stunden, die noch vor Kari Kenel liegen, ehe er mit zerschlagenen Gliedern im Ehebett aus Eichenholz liegt, den Rücken der Frau zugekehrt, die er mit unfrohem Herzen geheiratet hat.

Während Jakob Ginggs rechte Hand das hölzerne Tor zum Garten seines Gastgebers aufstößt, spannt Daskind ein letztes Mal den linken Arm und den Gummi der Steinschleuder, schaut durch die Astgabel auf das Gesicht des Sigristen, spürt mit den Fingern der linken Hand das weiche Leder, spürt die gespannten Sehnen des Armes, nimmt ernst und gelassen ein letztes Mal das Profil des Mannes ins Visier. Mit der Schleuder verschmelzen und mit dem Stein, denkt Daskind, und gleichzeitig loslassen. Kaum hörbar das Schwirren in der

Luft, das Singen. Schnellt vom weichen Leder der Stein weg und trifft. Prallt ab am Gesicht des Sigristen Jakob Gingg, genau oberhalb des rechten Jochbeins, knapp hinter dem Auge, dem Sigristenauge, fällt hell und jubelnd auf die Straße neben den linken Sigristenfuß, der noch auf dem Asphalt steht, während der rechte bereits den schmalen Gartenweg zwischen den Rosensträuchern berührt hat, traf den Sigristen mitten im Schritt.

Ein Staunen erreicht Daskind, eine Fassungslosigkeit über den glühenden Schmerz, dann sackt der Körper des Sigristen fast bedächtig zusammen, fällt ins schmale Niemandsland zwischen Garten und Asphalt, diesen Grenzstreifen, den zu überqueren er soeben im Begriff war. Das Gesicht blutüberströmt, das Sigristengesicht vom Sigristenblut überströmt, die Hände tasten blind nach der Stelle knapp neben dem Auge, der Mund, aufgerissen zum Schrei, bleibt stumm.

Im Auge des Kindes ein glückliches Lauern. Lautlos erhebt sich Daskind, streift mit der rechten Schulter das Gemäuer der Sennhütte. Süß der Geruch aus Kupferkesseln, honigsüß wie der Geruch im Beinhaus hinter der Michaelskirche, wo für kurze Zeit die liegen, welche kein Stein mehr trifft. Lilien und Rosen, Milch und modernde Haut, denkt Daskind und eilt dem Haus zu, wo jetzt die gebratene Lunge auf den Tellern dampft und Kari Kenel ängstlich den Gast erwartet, der draußen liegt und nicht schreit. Es eilt Daskind und steigt über den gekrümmten Körper des Sigristen, versteckt lautlos und schnell die Schleuder hinterm roten Findling neben dem Hintereingang des Hauses, schlendert an den Rosenstöcken vorbei zur Südseite des Chalets, wo der Gemüsegarten zu dieser Jahreszeit brachliegt, schutzlos unterm dürren Laub und ohne die Bitterkeit unsanfter Sommertage.

Über der tannenbewachsenen Ostflanke des Vorderbergs kreist schreiend ein Schwarm Dohlen, durchbricht das Schreien den Bannkreis der Stille.

Hat Daskind einen Frieden gefunden.

Lächelt wieder, Daskind.

Verlag Nagel & Kimche

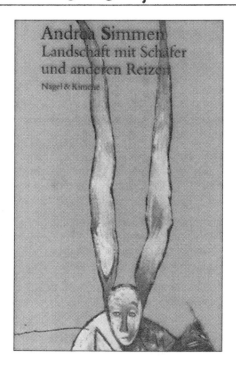

Andrea Simmen · Landschaft mit Schäfer
und anderen Reizen

Erzählungen
ISBN 3-312-00192-7
141 S., geb.

„Solche Geschichten sind nicht einfach komisch: sie sind
zum Fürchten komisch. Wer Geschichten erzählt, löst
seine Probleme nicht. Aber wer sie wie Andrea Simmen
erzählt, verliert sein schlechtes Gewissen dabei ...
Andrea Simmen ist eine Magierin. Ihre Sätze bannen."
(Neue Zürcher Zeitung)
„Schäferstündchen mit Fabulierlust"
(CASH)

Verlag Nagel & Kimche

Lukas Hartmann · Die Mohrin

Roman
ISBN 3-312-00208-7
276 S., geb.

Wie Hartmanns Roman „Die Seuche" ein Buch, das
in der Vergangenheit spielt und die Gegenwart meint.
Mit den Augen des Kindes, das noch in einer Welt der
Geheimnisse lebt, erzählt es die Geschichte der
Mohrin, die 1763 in der Karibik freigekauft, als
heimliche Maitresse auf einem Patriziersitz lebt.
Dicht und intensiv, ein Text voller Bezüge. Es fällt
schwer, sich seiner Sogkraft zu entziehen.

Die Autorin dankt der Stiftung «Pro Helvetia» und dem Kanton Graubünden für die Förderung des vorliegenden Romans.